KB171806

원소들의 도시

이승택 지음

원소들의 도시

발행 2022년 09월 08일
저자 이승택
펴낸이 한건희
펴낸곳 주식회사 부크크
출판사등록 2014.07.15.(제2014-16호)
주소 서울특별시 금천구 가산디지털1로 119 SK트윈테크타워 A동 305호
전화 1670-8316
E-mail info@bookk.co.kr
ISBN 979-11-372-9461-5

www.bookk.co.kr

원소들의 도시

이승택 지음

목차

1부 원소들의 도시 8

1. 프롤로그 9
2. 블랙아웃 10
3. 어둠이 내리고 12
4. 설퍼의 계획 14
5. 모험의 시작 18
6. 나이트로젠 괴수 21
7. 위험한 모험 24
8. 새로운 동맹 26
9. 격렬한 모험 29
10. 도둑 31
11. 카본의 활약 33
12. 드러난 진실 35
13. 덫 39
14. 탈주 42
15. 주문 45
16. 과부하 47
17. 새로운 시작 51
18. 에필로그 54

2부 유령 원소 이야기 56

1. 초대장 57
2. 축제 61
3. 그물 67
4. 칼슘의 상자 74
5. 비밀의 방 80
6. 또다른 세계 87
7. 사라졌던 원소 92
8. 자격이 없는 원소들 97
9. 탈출 계획 100
10. 백작들의 계획 106
11. 마법 112
12. 끝? 115
13. 에필로그 117

3부 엘리멘트로이드의 공격 118

1. 프롤로그 119
2. 폭발 121
3. 새 원소 125
4. 탈선 130
5. 아이언의 기계 141
6. 티타늄 캡슐 152
7. 오래된 계획 159
8. 기원 165
9. 추적 171
10. 사냥 180
11. 진화 189
12. 반격 197
13. 총공세 201
14. 밀실의 암호 205
15. 뜻밖의 문서 212
16. 세 개의 석판 216
17. 입자 구름 223
18. 배신 228
19. 최후의 전투 234
20. 에필로그 238

To grandparents

1부

원소들의 도시

▽ 1. 프롤로그

머나먼 원소들의 우주 어딘가에 원소들의 도시가 있었다. 도시의 에너지원은 주기율표. 주기율표 없이 도시는 존재할 수 없었다. 주기율표는 도시 내 모든 원소의 힘을 담고 있는 동시에, 그 힘으로 보호되고 있었다. 원소들은 모두, 도시가 완벽히 안전하다고 믿었다.

▽ 2. 블랙아웃

도시에서 몇 마일 지하. 광부 카본(Carbon·탄소)은 헬멧을 쓴 채, 또 채굴할 생각을 떠올리며 두려움에 떨었다. 그는 희미한 불빛에 의지한 채 어두컴컴한 굴속에서 일하는 것이 지독히도 싫었다(다이아몬드와 석탄은 모두 탄소로 만들어졌기 때문에 카본은 다이아몬드와 석탄을 캐는데 가장 적합했다). 엄밀히 말하면 카본은 채굴 담당은 아니었다. 그의 임무는 땅속에 숨어 있는 다이아몬드나 탄소 화합물을 탐지해 채취하는 것이었다. 카본의 머리카락은 석탄 색깔과 똑같이 새까맸고, 눈은 다이아몬드를 닮아 파랗게 반짝였다. 구릿빛 몸은 탄탄해 보였다. 광산 안에서 채굴하는 시간만 아니면 카본은 그의 친구 골드(Gold·금)와 담소를 나눴다. 골드는 금빛 머리카락과 눈을 가졌다. 이날도 역시, 카본은 쉬는 시간에 골드를 만나러 갔지만 하필 아파서 결근이었다. 3시간 동안 채굴 작업을 마치고 카본은 가장 친한 친구인 무기 개발자 설퍼(Sulfur·황)를 만나러 갔다. 설퍼는 독성을 갖고 있어 무기 개발에 적합했다. 하지만 설퍼 역시 사고로 강제 퇴근을 해야 했다. 독성 에너지를 모으는 과정에서 독성을 주변에 방출해 버린 것이었다. 설퍼의 보스인 하이드로젠(Hydrogen·수소)이 있는 대로 소리를 지르고 있었다. 하이드로젠은 핵폭탄보다 1000배는 강력한 수소 폭탄을 개발하고 있었다.

"도대체 무슨 생각이야? 독성을 그렇게 뿜어내다니, 우리 모두를 병원에 보낼 생각이라도 했나!"

긴 하루를 끝내고 집에 도착하자마자, 카본은 완전히 지친 채로 소파에 뛰어들었다. 힘든 하루였다. 사고의 연속에, 친구들도 만나지 못했다. 어떻게 기분을 바꿔볼까, 싶었던 순간, 모든 불이 갑자기 꺼지고, 완벽한 어둠 속에 빠져들었다.

▽ 3. 어둠이 내리고

잠시 카본은 가만히 기다렸다. 밖에서 원소들의 비명과 웅성거림이 들렸다. "누가 불을 끈 거요?" "하이드로젠, 불 좀 켜 봐요!" 곧 시장(Mayor) 마그네슘(Magnesium)의 윙윙거리는 목소리가 들려왔다. 두개골을 울릴 정도로 큰 목소리였다.

"모든 원소는 플루토늄 광장으로 최대한 빨리 오시기 바랍니다."

카본은 하이드로젠의 불빛을 따라 광장으로 갔다. 광장에 모인 원소들은 덜덜 떨며 웅성대고 있었다. 몇 분이 지났을까, 시계탑이 어둠에 잠겨 시간도 알 수 없는 가운데 마그네슘 시장의 긴장된 목소리가 들렸다.

“공학자 팀이 정전의 원인을 찾았습니다. 에…정말이지… 너무나 절망적입니다. 도시의 가장 귀한 보물인 주기율표가 사라졌습니다.”

원소들은 완전히 혼란에 빠졌다. 하이드로젠은 갑자기 폭발했고, 헬륨(Helium)은 이상한 목소리로 말하기 시작했다. (헬륨 가스를 마시면, 도널드 덕처럼 말하게 된다) 아이오딘(Iodine·요오드)은 주변 원소 14명에게 소독제를 퍼부었다(요오드는 소독제의 원료다). 설퍼는 독성을 방출하면서 원소 17명이 유황 가스 중독으로 병원에 실려 갔다.

시장이 말했다. “지금 도시의 과학자들이 주기율표를 대체할 방법을 찾고 있습니다. 그러니 모두 진정하고 집으로 돌아가세요.”

카본은 실의에 빠졌다. 하루가 엉망이었던 것도 모자라 이제는 도시가 예전같이 돌아갈지조차 확신할 수 없는 상황이 됐다. ‘정말이지, 악몽이로군.’ 카본은 앞으로 다가올 미래에 대한 두려움을 안고 잠에 빠져들었다.

▽ 4. 설퍼의 계획

일주일이 지났지만, 주기율표의 행방은 여전히 오리무중이었다. 탐험가(Adventurer) 아르곤(Argon)과 경찰(Police) 프로트악티늄(Protactinium)을 비롯한 많은 원소가 주기율표를 찾으러 떠났지만 아무도 돌아오지 않았다. 도시 전체가 멈춰 섰다. 냉장고와 신호등, TV와 전열 기구, 자동차 그리고 전기까지 모두.

설퍼는 안락의자에 앉아 있었다. 의자에서는 유황 가스에서 나는 끔찍한 냄새가 났다. 주기율표가 사라진 다음 무기 시스템 역시 멈춰서면서 설퍼는 일하러 갈 필요가 없었다. 의자에 하릴없이 앉아 엄청난 지루함을 견디고 있었다. 어느덧 밤이 지나고 아침이 찾아왔다. 설퍼의 노란 머리카락은 황화 결정체처럼 사방으로 뻗쳐 있었다. 눈도 밝은 노란색이었다.

설퍼는 TV를 켰다. 만약에 대비해 달아놓은 태양열 전지 덕분에 전기를 사용할 수 있었다. 한 전문가가 나와 주기율표를 대체할 연구를 시작해야 한다고 주장하고 있었다. 아무도 주기율표의 공식을 모르는 상황에서 주기율표를 대체할 방법을 찾는다는 건 참 쓸데없는 일이라고 설퍼는 생각했다.

설퍼는 전화기를 들어 친구 아르세닉(Arsenic·비소)에게 전화를 걸었다. 아르세닉은 작업 중 중독사고로 병원에 입원해 있었다. 그러나 잠시 후 설퍼는 완전히 절망한 채로 바닥에 주저앉고 말았다.

"미안해요. 설퍼. 병원의 의료기기가 작동을 중단하면서 아르세닉이 지금 위급한 상태에요. 다른 환자들도 대부분 상태가 심각합니다. 병원 전체가 완전히 응급 상황입니다. 최선을 다해보겠습니다만, 정말 죄송합니다."

설퍼가 결심하게 된 것은 이때였다. '더 이상 이렇게 살 수는 없어. 뭐가 됐든지 간에.'

기분전환을 위해 설퍼는 공학자 아이언(상당수 공구는 철·Iron을 함유하고 있다)을 찾아갔다. 아이언은 은색 머리에 반짝이는 회색 눈을 갖고 있었다. 아이언은 판잣집처럼 생긴 은신처에 있었다. 분해된 트레일러트럭 같은 온갖 쇳조각이 집의 절반을 차지하고 있었고 나머지 절반은 피스톤 같은 각종 도구로 채워져 있었다.

아이언은 녹색 머리와 오렌지색 눈을 가진 한 남자와 일하는 중이었다. 그는 발명가 아이오딘이었다. 설퍼는 낮은 신음을 냈다. 아이오딘은 선량한 자였지만, 가끔 정말 성가시게 굴었다. 아이오딘은 누구의 집이든 잘 방문했지만, 아무도 그의 집에 들어갈 엄두를 내지 못했다. 아이오딘의 집 출입문에는 맞춤식 자동발사 화살이 장착돼 있었다.

아이언과 아이오딘은 원소를 추적할 수 있는 기계를 막 완성한 참이었다. 스마트폰처럼 생겼는데, 스크린에는 선택된 원소 파워의 진원지를 화살표로 표시해줬다. 설퍼는 아이언과 아이오딘을 아이언의 집으로 데려갔다. 아이오딘은 아이언이 못 가게 막으려 했지만, 설퍼가 황의 힘으로 협박하는 바람에 따라갈 수밖에 없었다.

"우리가 주기율표를 대체할 방법을 찾을 수 있다고 생각해?" 설퍼가 물었다.

"솔직히 말하면, 도시를 살리기 위한 유일한 방법은 주기율표를 되찾는 길뿐이야." 아이언이 답했다.

설퍼에게 갑자기 아이디어가 떠올랐다. 일평생 가장 미친 아이디어일지도 모르지만, 어찌 됐든 설퍼는 아이언에게 말했다.

"아이언, 우리가 주기율표를 찾아보면 어때?"

"뭐라고?!"

"왜 안 돼? 네가 아이오딘과 함께 만든 원소 파워 추적기를 쓰면 되잖아. 내 설퍼 파워를 이용하면 무기도 충분하고, 필요한 건 네가 다 만들 수 있는 거 아니었어? 아! 카본도 데려갈까?"

말이 끝나기가 무섭게, 설퍼는 거의 날듯이 카본의 집으로 달려갔다. 아이언은 설퍼의 속도에 거의 맞추지 못해 끌려가듯 설퍼를 따라갔다.

▽ 5. 모험의 시작

그들이 카본의 집에 도착했을 때, 카본은 극단적으로 우울해 보였다. 카본의 눈은 푹 꺼져 있었고, 옷은 풀어 헤쳐져 있었으며, 머리는 엉망으로 헝클어져 있었다. 모든 에너지가 빠져나간 것처럼 보였다. 심지어 누가 집에 들어왔는지도 신경 쓰지 않는 것처럼 보였다. 가능한 가장 우울해 보이는 톤으로 "안녕"이라고 말하고 나서 곧장 흐느적대며 소파에 파고들었다. "어… 카본, 할 말이 좀 있는데…." 설퍼가 말했다.

"뭔데?" 카본은 더 우울해진 것처럼 대답했다.

"우리가 주기율표를 찾으러 나서야 할 것 같아…같이 가지 않을래? 아마 너의 원소 파워를 어떻게 사용하는지 배울 수 있을지도 몰라. 우리처럼, 모험을 떠나게 되면 말이야!"

카본은 놀라서 벌떡 일어났다.

"뭐? 우리가? 우리가 어떻게 주기율표를 찾는단 말이야? 수많은 원소가 나섰지. 탐험가 아르곤이나, 경찰 프로트악티늄도 갔잖아. 하지만 아무도 돌아오지조차 못했어! 그런데, 우리가, 심지어 제대로 된 탐험가도 아닌 우리가 그걸 찾는다고? 완전히 말도 안 되니까 나 좀 그만 괴롭히고 네 일이나 신경 써!"

설퍼는 그대로 굳어버렸다. "그래…우리는 곧 준비해서 떠날 거야…맘 바꾸면 알려줘." 설퍼 일행은 카본의 집에서 나왔다.

친구들이 떠난 뒤 카본은 설퍼의 제안에 대해 심각하게 생각하기 시작했다. 확실히 이건 말도 안 되는 짓이지만 친구들처럼 원소 파워를 갖고 싶기도 했다. 성공한다면 새로운 삶을 시작할 방법이었다. 도시가 셧다운 된 일주일 동안 완벽한 지루함을 마주하면서 가능한 한 빨리 일상으로 돌아가고 싶기도 했다. 카본은 결정을 내렸다.

설퍼는 아이언의 집에서 짐을 싸고 있었다. 그때 헤비메탈(아이언은 금속·metal의 일종이다) 멜로디의 초인종이 울렸다. 설퍼는 문 앞에 서 있는 원소를 보고 놀랐다. 카본이었다. "이제 몸을 좀 움직여서 뭐라도 하는 게 좋은 것 같아. 또 원소 파워도 갖고 싶고, 너희들처럼!" 카본은 티셔츠와 등산바지, 부츠까지 신고 머리를 단정하게 빗어 넘겨 한결 나아진 모습이었다. "잘됐다! 가서 짐을 싸. 모험이 우리를 기다리고 있다고!" 설퍼가 무척이나 흥분된 목소리로 소리를 질렀다. 아이언은 모든 장비를 가방에 한꺼번에 쑤셔 담느라 애쓰고 있었다.

▽ 6. 나이트로젠 괴수

"좋아…주기율표 탐지기에 따르면 먼저 질소의 땅을 지나가야 해" 아이언이 원소 세계지도와 주기율표 탐지기를 들여다보며 말했다.

"잠깐, 그럼 나이트로젠 괴수를 거쳐 가야 한단 말이야? 액체질소로 주변의 모든 것을 얼려버린다는 그 괴물?" 카본이 조금 걱정스러운 목소리로 말했다.

"아마도. 모든 원소의 땅에는 괴물이 살고 있어서 운이 없으면 다른 모든 괴물도 상대해야 할 거야. 그 괴물들은 정말이지 만나고 싶지 않지만…." 설퍼가 말했다.

원소들의 도시와 질소의 땅의 경계에 왔을 때 첫 충격이 다가왔다. 질소의 땅은 기본적으로 북극과 같았다. 바나나를 망치로 쓸 수 있게 만들어버릴 정도로 액체질소가 차갑기 때문이다. 나이트로젠 괴수가 그들을 향해 느릿느릿 걸어오고 있었다. 북극곰을 닮았지만, 대형 코끼리만큼 크고, 몸 전체가 서리와 얼음 결정체, 미세한 얼음 조각으로 뒤덮여 있었다.

"어…다른 길을 찾아봐야겠다." 카본이 더 걱정스러운 목소리로 말했다.

하지만 카본이 다른 말을 하기도 전에 나이트로젠 괴수가 입에서 얼음 구체를 쏘기 시작했다. 원소들의 도시와 질소의 땅 사이에는 괴물과 위험한 날씨로부터 도시를 보호하기 위해 보이지 않는 보호막이 작동하고 있었는데, 얼음 구체 공격 때문에 보호막이 얼어붙기 시작했다.

"뭐, 이제 다른 길은 없는 것 같네. 괴물이 벌써 화가 났는걸. 관심을 돌릴 방법을 찾아보자." 설퍼가 말했다.

"내가 완벽한 장치를 가져왔지. 전자 수류탄이야. 이거면 5초 안에 괴물을 잠재울 수 있을 거야" 아이언이 자신했다.

"하하, 그걸 쓰려면 좀 문제가 있는데, 아이언" 카본이 말했다.

"뭔데?"

"손으로 수류탄을 던지기엔 너무 멀어."

"걱정하지 마. 쇠갈퀴에 달아 쏘면 돼."

"감전되지 않게 조심해, 아이언!" 아이언이 전자 수류탄을 쇠갈퀴에 거는 것을 보고 설퍼가 말했다.

쾅!

전자 수류탄이 터지자 괴물이 울부짖더니 불안정해졌다. 매우 고통스러워하는 것 같더니 땅에 쓰러져 정신을 잃었다.

"굉장했어, 아이언!" 설퍼가 말했다.

원정대는 몇 시간을 더 걸어간 다음 캠프를 차리기 시작했다. 20분 정도가 지나자 캠프 안에는 내장된 온열기와 TV, 칵테일 바까지 갖춰졌지만, 전혀 작동하지 않았다. 원소들의 도시에 에너지를 공급하는 주기율표가 사라졌기 때문이었다. 원정대는 침낭 안으로 들어갔고, 즉시 곯아떨어졌다.

카본은 살짝 우울함을 느꼈다. 오늘 딱히 한 일이 없었다. 내일은 일을 주도해보자고 스스로 다짐했다.

▽ 7. 위험한 모험

다음날, CSI(카본과 설퍼, 아이언의 알파벳 머리글자를 따서 만들었다)는 겨울옷을 입은 채 저녁 무렵까지 줄곧 걸어 질소의 땅과 황의 땅 사이에 도착했다.

"봐! 여긴 너의 땅이네, 설퍼! 오늘은 괴물 때문에 어려운 일은 없겠어. 모든 괴물은 똑같은 원소 파워를 가진 원소의 말을 잘 듣잖아." 아이언이 말했다.

"근데, 사실은 문제가 있어. 설퍼는 유황 가스 속에서도 숨쉴 수 있지만. 우리는 아니잖아." 카본이 말했다.

"걱정하지 마, 이걸 보라고!" 설퍼가 손을 살짝 움직이자 유황 가스가 사라지기 시작했다.

“정말 멋진데!” 아이언이 말했다.

“정말 그렇지. 하지만 오늘 쉬지 않고 걷지 않으면 너희 둘 다 유황 가스에 질식되고 말 거야…잠깐, 좋은 생각이 났어. 이리 와 봐!” 설퍼가 말을 마치는 순간 거대한 혹멧돼지 모양의 설퍼 괴수가 그들을 향해 뛰어오기 시작했다. “설퍼 괴수, 우리를 황의 땅과 실리콘 사막 국경으로 데려다 줘. 아, 그리고 너희들은 이 방독 마스크를 써. 설퍼 괴수도 유독성이 있거든.” 아이언과 카본이 마스크를 쓰자마자, 설퍼 괴수는 CSI를 태우고 달리기 시작했다.

실리콘 사막에 도착한 뒤 설퍼가 새우 칵테일로 저녁을 차렸다. 카본은 천천히 음식을 먹으며 다시 우울해졌다. 설퍼가 무슨 문제라도 있는지 물었을 때 카본은 “괜찮아”라고 답했지만, 확실히 괜찮지 않았다. 오늘도 뭔가 한 일이 없었기 때문이다. 카본 역시 다른 친구들처럼 자신의 능력을 증명하고 원소 파워를 얻고 싶었다.

▽ 8. 새로운 동맹

"집중해, 카본…집중해. 너의 힘을 느껴야 해." 설퍼는 카본에게 원소 파워를 어떻게 쓰는지 알려주고 있었다.

카본은 일어나자마자 수업을 시작했다. 하지만 고작 식물을 석탄으로 바꾸는 것이나 할 수 있을 정도였다.

"카본, 뭔가를 만들어내는 법을 배우지 못하면 평생 광부로 살게 될걸" '슉' 하는 소리와 함께 아이언 검을 만들어내면서 아이언이 말했다.

"나는 카본이 아주 잘하고 있다고 생각하는데, 지금 막 시작했는데도 어떤 걸 다른 걸로 바꿀 수 있다는 것도 대단한 거야. 오늘의 훈련은 충분한 것 같으니 이제 넘어갈까?" 설퍼가 말했다.

그들은 실리콘 사막으로 길을 떠났다. 더운 날씨 탓에 모두 반바지와 티셔츠 차림이었다. 아이언이 가장 힘들어했다. 하루의 99.9%를 실험실에서 보내기 때문에 체력이 가장 부실했다. 더구나 중장비를 옮기느라 거의 쓰러질 지경이었다. 길을 나선 지 30분도 되지 않아 쉬어야만 했다.

그리고 비명이 들렸다.

"으아아악!!" 실리콘 괴수를 처음 본 카본의 비명이었다. 버스만 한 도마뱀이 모래를 빠져나와 CSI 쪽으로 돌진했다. 1초 만에 모래 속을 파고들더니 CSI 바로 밑 모래로 빠져나와 입으로는 아이언을 물고, 앞발로 카본과 설퍼를 붙잡고는 모래 속으로 사라졌다.

카본이 눈을 떴을 때 처음 보는 소녀와 설퍼가 자신을 내려다보고 있었다. 소녀는 백 금발에 어두운 피부, 반짝이는 모래 빛깔 눈을 갖고 있었다. 제트팩으로 보이는 배낭을 메고 있었고, 부츠에는 아기 다이아몬드백 방울뱀으로 보이는 애완용 뱀이 달려 있었다. 유리 목걸이에 새겨진 Si 마크로 미루어 그녀가 실리콘임을 알 수 있었다. 아이언은 아직도 의식을 잃은 채 침대에 누워 있었다. 그들은 모두 유리 텐트 안에 있었다.

아이언이 깨어나기를 기다리는 동안 실리콘은 설퍼와 카본에게 무슨 일이 일어났는지 알려주었다.

"그러니까 괴물은…너희에 대해 궁금했을 뿐이야. 그게 내

애완동물인 건 알고 있겠지. 그런데 너희들끼리 주기율표 찾으러 가는 거야? 내가 같이 가도 될까? 3명보다는 4명이 아무래도 낫잖아? 나는 원소들의 도시와 무역을 해서 먹고살기 때문에 도시를 제대로 돌려놓고 싶어." 실리콘이 말했다.

아이언이 깨어나자 실리콘은 그녀의 괴물 실리콘 괴수를 불러 CSI와 함께 등에 올라탔다. 그리고 실리콘 사막과 수소의 땅의 경계를 향해 떠났다.

▽ 9. 격렬한 모험

CSI와 실리콘이 실리콘 사막과 수소의 땅의 경계에 도착했을 때, 아이언은 배낭에서 테이저건 3개를 꺼냈다(실리콘의 합류를 예상하지 못했기 때문에 3개만 들고 왔다). "하이드로젠 괴수가 굉장히 위험하고 공격적이라고 하니 미리 준비해야지."

수소가스 때문에 숨을 쉴 수가 없어 CSI 친구들은 방독면을 꺼내 썼다. 수소의 땅은 암석으로 이뤄져 있었는데, 원소가 일정한 형상을 보이지 않으면 대부분 원소의 땅이 이런 형태로 되어 있었다. 15분쯤 걸었을 때 하이드로젠 괴수가 나타났다.

평생에 본 적이 없는 무시무시한 괴물이었다. 사자와 박쥐의 괴이한 교배종으로, 몸은 사자이지만, 등에는 거대한 박쥐의 날개가 있었다. 괴물은 굉음을 내며 입에서 불꽃을 뿜었다. 괴물은 CSI를 보자마자 울부짖으며 달려들었다. CSI는 있는 힘껏 뛰었지만, 괴물이 머리 위로 날아다니는 통에 숨을 곳이 없었다. 아이언과 실리콘이 공격을 시도하자, 괴물은 실리콘 광선을 녹이고 아이언이 만든 테이저 광선을 피해 날아갔다. 괴물이 아이언을 덮치려 할 때 설퍼와 카본의 테이저건에서 2개의 테이저 광선이 뿜어져 나와 괴물의 등을 덮쳤다. 온몸이 전기로 번쩍이며 괴물은 의식을 잃고 쓰러졌다. 아이언과 실리콘, 설퍼가 안심하며 한숨 돌리고 있을 때, 카본은 이번에야말로 역할을 했다고 흥분하며 소리를 질렀다.

밤에 되었고, 이들은 모두 하이드로젠 괴수야말로 그들이 알고 있는 가장 무서운 존재라고 생각했다. 하지만 다음날 마주친 것에 비하면 아무것도 아니었다.

▽ 10. 도둑

쉭! "다시!"

슈슉! "다시!"

다음 날 카본은 설퍼와 함께 훈련하고 있었다. 설퍼의 지도를 받아 한 시간 남짓 훈련한 끝에 빛나는 카본 에너지를 만들어 내는 데 성공했고, 이제 어떻게 그 에너지를 안정적으로 유지해 탄소 광선을 만들어낼지 배우고 있었다. 하지만 쓸 만한 에너지를 만들어내는 데 어려움을 겪고 있었다. 아이언이 카본의 코앞에서 철 입자 광선을 만들어내면서 자극하자 카본의 상태는 더 어려워져만 갔다.

잠시 후, 주기율표 원정 대원들은 풀과 나무로 뒤덮인 몰리브덴의 땅 광야를 걷고 있었다. 몰리브덴이 풍부한 토양 덕분에 식물들이 무성했다(몰리브덴은 식물이 자라는데 필요한 영양소이다). 깊은 숲속으로 들어섰을 때 검은 마스크를 쓴 누군가가 덤불에서 뛰어나와 아이언에 흙을 뿌리고 탐지기를 낚아채려 했다. 아이언은 황급히 뒤로 물러섰고, 탐지기와 괴한의 손은 아슬아슬하게 비껴갔다.

"이봐!" 실리콘이 소리쳤지만 검은 마스크 남자는 이미 나무속으로 사라진 뒤였다. CSI는 남자를 쫓았지만 엄청나게 빠른 속도로 뛰어가 3분 만에 사다리로 뛰어오른 다음 헬리콥터를 타고 날아가 버렸다. 하지만 아이언은 헬리콥터에 그려진 표식을 놓치지 않았다.

'RA' 라듐 백작의 상징이었다.

▽ 11. 카본의 활약

“그럼 라듐이 이 모든 일의 배후란 말이야?” 카본이 말했다.

“그럼, 사건은 해결됐네! 라듐의 성에 가서 뭘 가졌는지 보자고!” 아이언이 말했다.

“너무 위험하지 않아?” 카본이 말했다.

“아니, 시간이 별로 없어. 가능한 한 빨리 주기율표를 되찾아야 해.” 설퍼가 말했다.

CSI가 아이언이 가져온 방사성 물질 방호복을 입고 라듐의 땅을 걸어가고 있었을 때 탐지기가 신호음을 냈다. 탐지기의 화살표가 소리를 내며 반짝이면서 주기율표가 아주 가까이에 있다고 알리고 있었다. 1분 30초쯤 지나 라듐의 성에 도착했을 때 라듐 괴수가 나타났다.

라듐 괴수는 하이드로젠 괴수보다 훨씬 센, 최강의 두려운 존재였다. 트레일러트럭 정도 되는 크기로, 용의 머리를 하고 바닷가재의 몸체와 앞다리를 가지고 있었다. 등에는 한 쌍의 날개가 달려 있었고, 전갈의 꼬리를 갖고 있었다. 갑옷이 너무 두꺼워 테이저건의 공격을 막아냈고, 극도로 적대적이고 위험했다. 라듐 괴수는 대원들의 머리 위로 날아가, 대원들을 웅덩이로 던져 녹여버리려고 했다. 방호복 때문에 뛰어 달아나기도 힘들었다. 아이언이 철사를 만들어내 괴수를 둘둘 감았지만, 곧 끊어지기 시작했다. 괴수가 자신을 감고 있는 철사를 거의 다 끊어버렸을 때…

'지이이잉..슉'

카본이 탄소 에너지 광선을 만들어내는 데 성공하면서 철사를 탄소강 케이블로 바꿔놓았다. CSI가 성안으로 들어가 문을 닫았을 때가 되어서야 탄소강 케이블이 끊어지는 소리가 들렸고, 라듐 괴수가 성난 울음소리를 내질렀다.

▽ 12. 드러난 진실

CSI는 라듐 성에서 검은 금속으로 도금된 계단을 오르고 있었다.

"탐지기에 따르면 모든 사라진 원소들과 주기율표, 라듐 백작 모두 이 성안에 있어." 라듐의 은신처로 가는 계단을 오르며 아이언이 말했다.

"라듐이 주기율표를 훔쳤을까?" 카본이 물었다.

"아마도. 기다려봐, 뭔가 들은 것 같은데…." 실리콘이 말했다.

정말이었다. CSI가 위층으로 올라갔을 때 희미한 소리가 들렸고, 벽돌 벽을 발견했다.

"뭐야? 벽?" 실리콘이 말했다. 실리콘이 벽을 더듬기 시작했고, 아이언이 벽에 구멍을 냈다. 벽돌이 산산조각나면서 여러 개의 잠긴 문과 위로 통하는 계단이 나타났다. 문 뒤에서 소리가 들렸다. 실종된 원소들이었다. 대원들은 각자의 힘을 이용해 닫힌 문을 날렸다. 주기율표를 찾으러 떠났던 모험가 아르곤을 포함해 모든 실종된 원소들이 거기 있었다. 원소들이 CSI에게 감사 인사를 한 다음 위층으로 우르르 달려 올라가면서 한바탕 소동이 벌어졌다. 갇혀 있었던 탓에 겁에 질렸는지, 순식간에 모두 성 밖으로 떠나버렸다.

대원들이 계단 끝에 있는 문을 열자, 망가지지 않고 온전한 상태의 주기율표가 있었다. 라듐도 거기 있었지만 그들이 발견한 것은 이것이 전부가 아니었다. 사실, 그들이 본 다른 것은 너무 놀라워서 끔찍할 정도였다.

CSI가 처음 본 것은 컴퓨터를 조작하고 있는 우라늄 백작이었다. 그의 눈은 꿈꾸는 듯 초점이 빗나가 있었다. 컴퓨터에서 나온 복잡한 전선이 거대한 기계에 연결돼 있었다. 마치 누군가 복잡한 기계를 만들어서 구겨놓기라도 한 것처럼 보였다. 책장 크기부터 그랜드 피아노 크기까지 서로 다른 크기의 탱크가 많이 있었다. 그리고 모두 다른 크기의 튜브가 탱크를 복잡한 기계와 연결하고 있었다. 어떤 것은 자동차 엔진 같기도 했고, 다른 것들은 캡슐 같아 보였다. 기계는 라듐 백작, 그리고 주기율표와도 연결돼 있었다. 컴퓨터 화면에는 '62% 충전 완료' 표시가 돼 있었다.

“당신 둘, 도대체 여기서 뭐 하는 거야?” 실리콘이 소리를 질렀다. 부분적으로는 기계가 엄청난 소음을 내고 있었기 때문이기도 했지만, 그녀가 엄청나게 분노했기 때문이었다. 실제로 거의 미쳐버린 것처럼 보였다.

“집중할 수 있게 입 다물어. 지금 중요한 일을 하고 계시잖니.” 화면에서 눈을 떼지 않고 우라늄이 말했다.

“내가 맞춰볼까. 주기율표의 에너지를 라듐 백작에게 전달하는 거지?” 아이언이 말했다.

우라늄이 스크린에서 잠시 눈을 뗐다.

“어떻게 알았지?” 우라늄이 말했다.

“당신이 어떤 에너지를 전달할 방법을 찾고 있다는 건 잘 알려졌지. '원소들의 도시'는 주기율표의 에너지로 돌아가고 있다고! 아, 바로 그것이 도움이 됐군.” 설퍼가 컴퓨터 화면에 쓰인 글씨 ‘주기율표의 에너지를 라듐 백작에게 옮긴다’를 가리키며 말했다.

우라늄은 아무 말도 하지 않았다. 대신 손에서 빛나는 에너지 광선을 내뿜었고, 광선은 지지직 소리를 내며 벽 반대편에 벽장 크기의 구멍을 뚫었다. 라듐이 뭐라고 소리쳤지만, 기계 소리에 묻혀 들리지 않았다. 자신의 성을 파괴하는 데 대한 것일 수도 있지만, 지금 당장 중요한 문제가 아니었다. 광선으로 충분하지 않았는지 우라늄 백작이 반자동 기관총을 꺼내서 쏘기 시작했다. 실리콘과 아이언이 방탄유리를 만들어 냈고 총알이 유리에 박혔지만 깨지지는 않았다.

불행히도, 티타늄 벽이 바닥으로 내려와 대원들이 들어온 문을 봉쇄했고, 대원들은 어둠 속에 갇혔다. 우라늄 백작과 라듐 백작을 벽 반대편에 둔 채로.

▽ 13. 덫

“누가 불 좀 붙여줄래? 아무것도 안 보여. 아야! 누구였어?” 설퍼가 소리쳤다.

“아니, 아무도 불을 만들어내는 파워는 갖고 있지 않아. 아, 맞다, 아이언, 램프 좀 꺼내줄래?” 실리콘이 말했다.

“좋아, 잠깐만, 대체 뭐였어?” 아이언이 말했다.

“쉿 하는 소리 말하는 거야?” 카본이 말했다.

그리고 또 한 번 쉿 하는 소리가 났다.

“그게 뭐였는지 모르겠네….” 설퍼가 말했다. 그러고 나서 설퍼가 이상한 소리를 내기 시작했다. 목이 아파서 숨을 내쉬는 듯 들렸다. 그리고 뭔가 소름 끼치는 속삭임이 들렸다.

"저기…설퍼?" 아이언이 램프에 불을 붙이면서 말했다.

불이 들어오면서 아이언은 어둠 속으로 어두운 망토가 사라지는 것을 보았다.

"거기 누구야?" 설퍼가 완전히 겁에 질려 소리쳤다.

그러자, 푸른 섬광과 함께, 카본의 손에서 다이아몬드 광선이 뿜어나와 티타늄 벽을 부쉈다. 설퍼가 주저앉았고, 쉿 하는 소리와 어두운 망토도 사라졌다.

대원들이 티타늄 벽의 잔해에서 빠져나왔을 때, 모니터에는 93%가 표시돼 있었다.

"멈춰! 기계를 멈춰!" 설퍼가 소리쳤다.

우라늄은 방사능 기호가 새겨져 있는 바주가포를 꺼내 방아쇠를 당겼다. 포탄이 벽을 폭파해 코끼리 크기로 구멍을 냈다. 그러고 나서 우라늄은 총을 꺼내 쏘기 시작했다.

이제 모니터는 96%를 보여주고 있었다. 곧이어 97%.

설퍼는 휴대용 미사일을 꺼내 발사했다. 우라늄도 같은 경로를 따라 쐈다. 카본이 다이아몬드 조각을 쏘았지만, 우라늄 광선에 날아가 버렸다. 실리콘이 방탄유리로 우라늄을 가두려 했지만, 우라늄은 방탄유리를 가루로 만들어버렸다. 아이언이 광선을 쐈지만, 우라늄 광선 때문에 비켜나갔다.

모니터는 이제 99%를 보여주고 있었다. 그리고 빈칸이 되더니 기계가 산산조각이 났다. 라듐 백작이 빛을 내뿜기 시작하더니 번쩍이는 빛 속에서 폭발하면서 잊을 수 없는 광경을 만들어냈다.

빛이 사라지고 나서야 대원들은 무슨 일이 벌어졌는지 볼 수 있었다. 라듐 백작이 주기율표의 힘을 얻었다. 그는 밝은 빨강부터 연노랑 색까지 모든 색깔로 빛나고 있었고, 주기율표는 칙칙한 회색으로 변해 있었다. 백작은 인간 디스코 볼처럼 보였지만, 전혀 재미있는 상황이 아니었다.

백작이 모든 원소의 힘을 가졌기 때문에 그를 무력화시키는 것은 현실적으로 불가능했다. 전투를 시작한 지 고작 10초 만에 대원들은 다이아몬드 감방에 갇혔다.

▽ 14. 탈주

“이봐, 우리 중에 이 쓸모없는 벽을 어떻게 부수는지 아는 사람 있어?” 부드럽고, 투명하며 빛나는 다이아몬드 벽을 배낭으로 두드리며 아이언이 화를 냈다.

“미안한데, 지금은 다이아몬드 광선을 만들어낼 수가 없어. 겨우 하나 만들었을 뿐인걸” 카본이 말했다.

“아마 충분히 세게 치면 부술 수 있을 거야” 아이언이 배낭에서 망치를 꺼내 있는 힘껏 휘둘렀지만, 벽에서 뿜어 나온 에너지에 온몸이 날아가 버렸다. 충격 때문에 아이언은 두개골이 흔들리는 소리를 들은 것 같았다.

“우리의 서사시는 실패했어, 친구. 그것보단 더 똑똑한 방법이 필요할 거야." 카본이 크게 웃으며 말했다.

"다이아몬드는 연소할 때 이산화탄소로 분해된다고 들었는데…." 실리콘이 말했다.

"바로 그거야! 모두 각자 물병 줘 봐." 설퍼가 소리쳤다.

설퍼는 아이언에게 배낭에 있던 충전장비를 분해해서 양쪽 전극을 사용할 수 있게 만들어 달라고 말한 다음 물을 한 병에 모두 모아 병뚜껑을 닫았다.

"여기, 물병 좀 들어줘. 아, 고맙다, 아이언…." 아이언이 금방 개조한 전극 한 쌍을 설퍼에 주었다.

"좋아, 이제 카본, 너는 물병 뚜껑을 닫아서 벽에 대고, 실리콘, 너는 물통에다가 전극을 꽂아서 전기를 흘려 줘." 설퍼가 전극과 물병을 실리콘에 주면서 말했다.

병 안의 물이 부글거리기 시작했다. 시간이 흐르면서 모두가-설퍼만 빼고-병이 터질까 봐 걱정하기 시작했다. 설퍼는 가스라이터를 자기 손 앞에 갔다댔다.

"카본, 지금이야! 뚜껑을 열어!" 갑자기 설퍼가 외쳤다.

카본이 물병의 뚜껑을 열자, 설퍼가 손으로 가스를 쏘았고, 가스가 산소, 그리고 가스라이터의 불꽃을 만나자 밝은 파란색 불꽃이 만들어졌다. 불꽃이 폭발하자 아이언은 설퍼가 시키는 대로 자신의 에너지를 이용해 그것을 덮었다. 파란 불꽃이 다이아몬드 벽에 닿자 벽이 녹기 시작했다. 구멍이 만들어졌고, 불꽃이 번지면서 벽에 큰 틈이 생겼다. 결국 벽은 무너져 내렸다.

대원들이 우라늄 백작과 라듐 백작을 찾으러 성으로 뛰어다니는 동안 카본이 설퍼에게 물었다. “어떻게 한 거야?”

“유황 가스가 산소와 만나 반응하면 파란 불꽃을 만들어. 그리고 수소가 산소를 만나면 폭발하지. 수소와 산소를 분리하려고 물에 전기를 흘린 거였어.” 설퍼가 설명했다.

CSI가 ‘금지 구역’이라고 표시된 방을 향해 달려갔을 때, 그들은 벽 안에 갇혔을 때 설퍼가 냈던 이상한 소리를 다시 들을 수 있었다.

▽ 15. 주문

우라늄 백작은 바닥에 쓰러져 있었다. 라듐 백작은 눈덩이 크기의 유리공을 쳐다보고 있었다. 유리공이 놓인 나무 책상 위에는 그다지 좋아 보이지 않는 얼룩이 있는 너덜너덜한 책도 놓여 있었다. 라듐 백작은 뭔가 말하고 있었는데, 설퍼가 이상한 소리를 냈을 때 들은 것과 비슷하게 기묘했다.

아이언은 빙글빙글 도는 철탄환을 만들어내 발사했다. 실리콘은 유리 조각을, 설퍼는 노란 유독성 가스를 뿜어냈다. 카본은 손에서 빛나는 푸른 구체를 만들어내 쏠 준비를 하고 있었다. 라듐 백작이 놀라 고개를 들었고, 일이 터졌다.

밝은 녹색이었던 라듐의 눈이 어둡고 소름 끼치는 산성의 녹색으로 변했고, 갑자기 검은 안개가 나타나 망토처럼 라듐의 주위에 모여들기 시작하면서 오싹함을 더 했다. 그리고는 어디서도 들어본 적 없는 언어로 주문을 외우기 시작했다. 라듐의 목소리는 매우 작았지만, 대원들을 몸서리치게 했다. 보자마자 그 자리에서 얼어붙게 만드는 호랑이의 으르렁거림 같았다. 그가 주문을 외우자 바닥에서 붉은 연기가 나와 벽을 만들었다. 대원들이 함께 벽을 공격하자 벽은 연기처럼 녹아내렸다. 라듐이 다른 언어로 주문을 외우기 시작하면서 오렌지색 물결이 대원들 뿐 아니라 막 의식을 되찾은 우라늄 백작까지 멀리 날려버렸다. 아이언은 땅에서 4m 높이까지 날아가 벽에 부딪혔다. 실수로 발전기를 과부화시켜 폭발시켰을 때와 비슷한 위력이었다.

'과부하…'

아이언에 갑자기 계획이 떠올랐다. 자신도 믿지 못할 정도로 말도 안 되는 계획이었지만, 이것이 그의 도시를 구할 유일한 방법일지도 몰랐다.

"모두, 나를 따라서 변환실로 가자!" 아이언은 소리치고 등을 돌렸다. 나머지가 따랐다.

"도망가는 거냐, 겁쟁이 고양이들?" 라듐 백작도 대원들을 쫓아 왔다. 아직 제정신이 돌아오지 않은 우라늄 백작은 방에 남았다.

"계획이 있어? 아니면 뭐라도 가진 거야?" 카본이 물었다.

"응, 계획이 있어." 아이언이 대답했다.

▽ 16. 과부하

주기율표의 에너지를 라듐 백작에게 옮기는데 사용된 기계는 비교적 온전한 상태로 변환실에 남아 있었다. 파이프 몇 개는 폭발했고, 탱크 일부는 산산조각이 났으며, 부품 이곳저곳이 금방이라도 부서질 것 같았지만 아이언에는 느슨한 볼트 몇 개로 보일 정도로 별문제가 되지 않았다.

“너희들은 라듐을 막아! 나는 그동안….”

하지만 바로 그때, 라듐 백작이 방으로 뛰어들어 아이언에 불덩어리를 던졌다. 아이언은 고철 덩어리가 되기 전에 피했지만, 기계가 불덩어리를 맞아 큰 소리를 냈다. 기계 전체가 무너지면서 남아 있던 멀쩡한 부품까지 산산조각이 났다. 고

물상을 시작해도 좋을 만큼 충분한 양의 고철이 되었다.

“안돼에에에!” 아이언이 소리쳤다. “저게 우리의 마지막 희망이었단 말이야!”

“마지막으로 할 말…….” 라듐은 황홀한 표정으로 말했다. 하지만 거기까지였다. 누군가 유리공으로 라듐의 머리를 후려쳤다. 주기율표의 모든 힘을 가졌지만, 라듐은 여전히 생물체에 지나지 않았다. 라듐 백작이 쓰러지면서 공격자가 드러났다. 우라늄 백작이었다. 그의 눈은 이제 맑았다.

“여기 도움이 필요한가?” 우라늄 백작이 말했다.

CSI는 그를 신뢰하지 않았지만, 선택의 여지가 없었다. 우라늄이 고철 더미 속으로 기어들어 가자 그에게 귀 기울이기 시작했다.

“좋아. 이건 내가 만들어서 전부 다 알아. 아이언, 이리 와서 조립하는 걸 도와줘.” 우라늄은 여러 부품을 나눈 다음 아이언에게 건네주면서 설명했다. 실리콘은 아이언에게 그들이 무엇을 만들고 있는지 물었다.

“라듐에 과부하를 주려고 해. 그가 견딜 수 있는 것보다 더 많은 힘을 주입하면, 그의 힘에 과부하가 걸리면서 폭발해 빠져나갈 거야.” 아이언은 대답하고 다시 일을 시작했다. 아이언이 완성한 기계는 작은 패널이 달린 벨트처럼 보였다. 패널은 비어 있었지만, 우라늄 백작이 손을 대자 돌아가면서 벨트와 함께 하얗게 빛났다.

우라늄 백작은 “내 신호에 맞춰 이걸 라듐에 고정해 줘”라고 말했다. 그때 라듐이 정신을 되찾아 정상으로 돌아왔다. 라듐의 눈이 까맣게 변하면서 다른 언어로 주문을 외우기 시작했다. 설상가상으로, 우라늄 백작까지 빙의됐다. 라듐과 우라늄이 함께 주문을 외우기 시작하면서 파란 물결이 모든 이들을 공중에 떠오르게 했다.

바로 그때, 라듐 백작의 몸에 벨트가 날아와 감겼다. 아이언이 벨트를 제어하기 위해 벨트에 쇳조각을 넣어놓았기에 가능했다. 아이언은 날카로운 쇳조각을 만들어 라듐에 던졌다. 쇳조각에 정신이 팔린 라듐이 잠시 주문을 멈췄고, 빛나는 하얀 아이언 광선이 그의 몸에 묶인 패널에 부딪혔다. 그는 비명을 질렀고, 그의 온몸이 빛나기 시작했다. 설퍼와 실리콘이 우라늄을 상대하는 동안, 카본도 파랑 에너지를 가지고 친구들을 도왔다. 라듐은 땅에서 떠오르기 시작했고, 모든 색깔로 빛나고 있었다. 작은 빛나는 공들이 그를 둘러싸고 춤추기 시작했다. 라듐은 사하라 사막이 남극처럼 느껴질 정도로 매우 밝은 열과 빛의 폭발을 터뜨렸다.

100만분의 1초가 지난 뒤, 라듐은 땅에 떨어졌고, 다시 모든 색깔로 빛나고 있었다. 그리고 작은 빛의 공들이 주기율표를 향해 날아갔다. 그리고 공이 닿자, 주기율표는 다시 무지갯빛으로 변했다.

우라늄 백작이 "안돼에에에!"라고 소리치며 테이블을 향해 달려가려고 했지만, 카본이 다이아몬드 덩어리를 가슴 쪽으로 던졌다. 우라늄은 5m 뒤로 날아가 벽에 부딪혔다.

"우리가 방금 도시를 구한 거야?" 카본이 물었다.

"응, 카본. 응, 정말로." 아이언이 말했다. "너의 기술을 통달한 것 같네."

"이 상황 덕분에 할 수 있었어." 카본이 대답했다.

"야호! 맙소사 하느님 우리가 도시를 구했어요!" 모두가 환호했다.

실리콘은 고철 더미를 가리키며 "이제 그들이 이렇게 한 이유가 뭔지 알아보자."고 말했다.

▽ 17. 새로운 시작

도시를 구한 무명의 원소들

우리에게 힘과 생명을 제공하는 주기율표가 최근 도난당했다가 회수됐다. 주기율표를 찾은 이들은 다름 아닌 스스로 CSI(카본·Carbon, 설퍼·Sulfur, 실리콘·Silicon, 그리고 아이언·Iron)라고 부르는 무명의 원소 집단이었다. 광부 카본은 힘의 잠재력을 최대한 발휘했다. 석탄·석유·다이아몬드가 모두 탄소로 만들어졌기 때문에 그의 힘은 사회에 큰 도움이 될 것으로 예상된다. 무기 기술자 설퍼도 황의 땅으로의 여행과 라듐 백작과의 싸움에서 크게 이바지했다. 공학자 아이언은

라듐 백작을 물리치는 데 큰 역할을 했고 다양한 기술을 동원해 탐험을 도왔다. 사막 한가운데 천막에 사는 작은 원소인 실리콘은 여전히 그녀의 천막에서 살고 있지만 많은 명성을 얻었다. 마그네슘 시장은 이들에게 평생 고용을 보장해주기로 했다.

한편 주기율표를 훔친 라듐 백작과 우라늄 백작은 라듐 백작에게 주기율표의 힘을 옮기려 했지만, CSI에 의해 저지당했다. 이들은 검은 망토를 입은 어떤 무서운 세력이 시켜 억지로 이런 일을 벌였고, 이들 세력이 CSI를 공격하는데 자신들의 몸을 이용했다고 주장했다. 경찰은 아직도 수사를 계속하고 있지만, 용의자들이 거짓말을 하고 있을 가능성이 있다. 지금으로서는 계속 해답을 기다리는 중이다. 어찌 됐건 CSI 4명에게 응원을 보낸다.

뉴스(News) 작가 네온(Neon)

“진짜? 무서운 세력? 우리 보러 이걸 믿으라는 거냐?” 실리콘이 ‘주간 원소’를 든 채로 말했다. CSI가 도시를 구하고 난 다음 일주일이 지나 산들바람이 부는 가을 무렵이었다. 대원들이 지나갈 때면 시민들이 모두 그들을 쳐다보았다.

“음, 나는 어두운 망토를 봤고, 이상한 소리를 듣긴 했지.” 아이언이 말했다.

“누군가는 날 죽이려고 했지! 내 숨과 힘, 생명을 앗아가고 있었어.” 설퍼도 덧붙였다. “그리고 말이야…그들이 한동안 이상하게…굴기도 했잖아.” 설퍼는 기억을 떠올리며 몸서리쳤다.

“글쎄, 일단 문제는 해결됐잖아. 그렇잖아? 경찰이 조사하고 있고, 단서도 얻었다고 하니까.” 카본이 열정적인 목소리로 말했다.

“그래, 문제는 해결됐지. 좋아.” 설퍼가 말했다. “지금은 말이야. 끝인지도 몰라. 하지만 우리에겐 시작일 뿐이야.”

“어이구, 오버하긴.” 아이언이 말했다. 그러자 설퍼가 테이저로 등을 찔렀다. “아야!”

“그래, 아이언의 작업실에 가서 최근 프로젝트를 구경하는 게 어때?” 실리콘이 말했다.

“아, 그러자!” 아이언은 빠르게 충격에서 회복했다. “아이오딘과 나는 이 작업을 정말이지 오랫동안 했어. 이름은 자동망치 1000….”

CSI는 아이언의 집으로 가서, 함께 신나게 수다를 떨며 웃고 있었다.

▽ 18. 에필로그

우유의 땅에 있는 칼슘(Calcium) 성(우유에는 칼슘이 많다)에서 칼슘 백작이 어슬렁거리고 있었다. 원소들의 도시 설립 300주년 기념행사가 다가오고 있었고, 그는 자신의 성이 축하 행사 장소로 뽑히게 하려고 열심이었다. 백작은 유제품을 살펴보기 위해 우유 방으로 들어갔다. 백작은 방에서 무언가를 보고 소리를 질렀다. 공포에 질린 날카로운 비명이었다. 집사(Butler) 비스무트(Bismuth)는 즉시 백작에게 달려갔고, 칼슘 백작이 우유 책장 옆 바닥에 웅크리고 앉아 떨면서 어렵게 숨을 쉬고 있는 것을 발견했다.

"괘…괜찮으세요, 백작님?" 비스무트가 물었다.

“괜찮네. 방금 무릎이 망할 책장에 부딪혔어. 난 완벽하게…괜찮아.” 백작이 천천히 바닥에서 일어나면서 말했다.

“아…알겠습니다. 백작님.” 비스무트가 말했다.

다행히도, 그는 백작의 우윳빛 눈이 칠흑같이 검게 변했다는 것을 알아채지 못했다.

2부

유령 원소 이야기

▽ 1. 초대장

강렬한 금속성 소음이 울려퍼졌다.

은빛 머리와 눈을 가진 청년 공학자 아이언은 발명가 아이오딘과 함께 유령을 탐지하는 기계를 만들고 있었다. 유령이 무엇인지 정확히 알지 못하지만, 유령과 분명히 관련된 것을 느낀 사건 이후 생각해 낸 작업이다. 아이언은 기어를 작동하는 방법을 알아내지 못하고 있었다. 한숨을 쉬며 프로젝트를 마무리한 뒤 신문('우유의 땅에 있는 칼슘 백작의 칼슘성, 원소들의 도시 설립 300주년 기념행사 장소로 선정'이라는 머리기사가 적혀 있었다)을 펼쳤다. 원소들의 도시를 구하기 위한 여정이 끝난 이후 그의 삶은 기름 한 캔보다도 더 지루해 보였다. 그는 여전히 약간의 지명도와 친구(여전히 백만 번째 설계도와 메모를 들여다보고 있는 친구)를 얻었지만, 그것만으로는 충분하지 않았다. 아이언이 은신처를 떠날 준비를 하고 있을 때, 공기를 가르는 소리가 나면서 공중에 빛나는 빨간 글자가 나타났다. 네온사인이라 불리는 이것은 큰 행사를 위해 사용되는 커뮤니케이션 방식이었다.

친애하는 공학자 아이언,

제46대 원소들의 도시 300주년 기념행사가 우유의 땅에 있는 칼슘 백작의 칼슘성에서 열리고 있습니다. 축하 행사에 참여하기 위해 성으로 와 주시면 무척 감사하겠습니다. 참여를 원하시면 오후 3시에 스칸듐 역의 12번 플랫폼으로 오세요.

그리고 축하의 밤을 보내고 싶다면 www.cityofelement.com을 방문해 Celebration-Centennial-300 years-Reservation으로 가서 지침을 따르십시오! 하지만 서둘러야 합니다. 성에는 공간 제약으로 소수의 원소만 들어갈 수 있습니다!

마그네슘 시장으로부터

아이언은 마음속에서 기쁨이 폭발하는 것을 느꼈다. 무엇이든 흥미로운 일이 생기길 간절히 바랐는데, 인생에서 가장 큰 축하 행사에 참석해 달라는 부탁이라니. 당연히 가야 했다. 그는 즉시 스마트폰을 꺼내 자신과 그의 가장 친한 친구 4

명을 위한 예약을 시작했다. 아이오딘은 여전히 설계도를 들여다보고 있었다.

* * *

60여 원소들이 기차역에 모여 있었다. 기차역에는 벽이 없었고, 각각 서로 다른 원소의 땅으로 향하는 20개의 플랫폼이 중앙홀로 이어져 있었다. 중앙홀에는 기차표 구매 창구와 앉아 기다릴 수 있는 의자가 놓여 있었다. 실리콘은 12번 플랫폼에서 기다리고 있던 친구 카본과 설퍼를 찾았다. 카본과 설퍼는 호텔 예약과 관련된 무언가에 대해 열심히 이야기하고 있었다. 이들은 실리콘을 만나자 힘차게 손을 흔들고는 플루토늄 원자핵만큼이나 터질 듯 북적이는[1] 기차역에서 실리콘의 관심을 얻기 위해 노력하고 있었다. 분명히 아이언은 아직 오지 않았다. 아직 자고 있거나, 발명가 아이오딘의 집에 갔거나, 언제나처럼 작업장에 있을 것이었다.

"야, 실리콘!" 실리콘이 마침내 그들과 만났을 때 카본이 말했다.

"여기, 이 많은 원소 사이에서 살아남아야만 해. 이온 음료 좀 마셔 봐." 설퍼가 이온 에이드 캔을 따며 말했다.

"나도 좀 줄래?" 아이언이 설퍼 뒤에서 갑자기 나타나면서 설퍼가 캔을 떨어뜨려 실리콘이 난데없는 이온 음료 샤워를

---

1 원자핵은 양성자와 중성자로 이루어져 있다. 양성자들은 스스로 결합할 수가 없다. 같은 플러스 전하로 인해 서로 반발하는 힘이 있기 때문이다. 따라서 핵에 중성자를 넣어 안정시킨다. 하지만 플루토늄처럼 핵이 너무 크거나 중성자가 너무 적으면 안정화를 위해 핵 자체가 붕괴한다.

했다.

"그렇게 해줄게." 실리콘이 원자핵 주위를 도는 전자처럼 친구들 옆에서 아이언을 쫓기 시작했다. 발명가 아이오딘이 아이언과 함께 왔다. 늦게 나타난 걸로 봐서는 아이언이 역에 오는 길에 아이오딘의 집에 들렀던 것이 확실했다. 작업 중이던 아이오딘을 데리고 나오는 데만 보통은 수십 분, 때로는 한 시간 이상 걸렸다.

"너도 왔네?" 설퍼가 또 다른 이온 에이드 캔을 따며 말했다.

"응. 아이언이 데려왔어…내가 작업 중이었는데 말이지." 아이오딘이 노려보며 말했다.

"그럴 줄 알았어." 실리콘이 아이언의 셔츠 소매에서 찢어낸 천 조각으로 얼굴을 닦으며 말했다.

벨이 울리고 스피커에서 안내 방송이 흘러나왔다. "칼슘성으로 가는 기차가 12번 플랫폼으로 들어오고 있습니다. 안전선 밖으로 물러나 주세요…."

기차를 기다리던 모든 원소로 북적이던 플랫폼이 더욱 혼란해졌다. 기차가 순백의 크리스털로 만들어진 화려한 기차역에 도착해 인파가 빠져나가기 전까지 CSI(카본·설퍼·실리콘·아이언 그리고 아이오딘이 추가되었다)는 무슨 일이 벌어지고 있는지 알지 못했다. 그리고 성에 도착하자 이들의 입은 전자와 원자핵 사이의 간격[2]보다 더 크게 벌어졌다.

---

2 대부분 원자핵과 전자는 아주 멀리 떨어져 있다. 수소 원자에는 물질이 거의 존재하지 않는다. 대부분이 전자와 원자핵 사이의 거리다.

▽ 2. 축제

칼슘성은 기차역과 똑같은 은색 물질로 지어져 있었다. 성은 오후의 햇살을 받아 순은처럼 빛났고, 둘레를 따라 거대한 벽이 세워져 있었다. 대성당처럼 생긴 거대한 건물을 다양한 모양과 크기의 탑이 감싸고 있었다. 출입구 표지판에는 '조심해서 다뤄 주세요. 강철이 아니라 칼슘 결정체입니다'라고 쓰여 있었다. 우윳빛의 피부와 머리카락을 가진 40대 남성이 목에는 Ca(칼슘의 원소기호)라고 적힌 하얀 크리스털 목걸이를 걸고, 머리카락 색과 같이 흰색의 재킷에 선글라스 차림으로 문 앞에 서 있었다. 그의 바로 오른쪽에는 피부와 머리카락이 햇살에 반짝이는 무지갯빛인 20대 남성이 근사한 턱시도 차림으로 목에는 Bi(비스무트의 원소기호)라고 적힌 목걸이를 하고 서 있었다. 우유색 남성은 인파를 유심히 지켜보고 있었는데, 선글라스를 쓰고 있어 무엇을 보는지 확실히 알 수는 없었다. 다른 남자는 눈에 안 띄는 스파게티 얼룩이 있는 것처럼 턱시도를 계속해서 확인하고 있었다. 그의 턱시도는 너무 자주 빤 것처럼 색이 약간 바라 있었다. 그는 무지개색이어서인지 외모에 지나치게 신경 쓰는 듯 보였다.

"여어, 만나서 반갑습니다. 여러분에 대해 많이 들었습니다." CSI가 출입구에 들어서자 우유색 남성이 갑작스럽게 흥미를 보이며 말했다. 턱시도 남자는 다시 한번 자신의 양복을 점검했다.

"아시다시피 제가 우유의 땅의 칼슘 백작이고, 이쪽은 나의 집사 비스무트…." 하지만 그의 목소리는 인파에 묻혔고, CSI는 성 주위로 밀려났다. 성안에는 그다지 흥미로운 것이 많지 않았다. 우유의 강-우유의 땅에서 흰 우유의 강이나 하얀 고체 덩어리가 보이면 가서 먹어도 된다. 우유이거나 치즈일 테니-을 가로지르는 돌다리가 성 중심으로 이어져 있었다. 그런데 해자 밖으로 튀어나온 물건이 있었다. 이상한 문자가 새겨진 두 개의 돌기둥 사이에 걸쳐져 있는 은색 그물이 성 둘레에 놓여 있었다. 석기시대에 만들어진 배드민턴 그물 같아 보였다. 하지만 제대로 살펴볼 틈도 없이 CSI는 중앙홀로 밀려들어 갔다.

성의 내부는 무척이나 화려했다. 천장이 60m 높이로 솟아 있었고, 테이블과 의자 수백 개는 로코코 시대에서 바로 가져온 것처럼 어두운 삼나무로 만들어져 진한 보라색 커버로 장식돼 있었다. 벽은 다양한 그림과 장식으로 채워져 있었고, 천장에 매달린 냉장고만 한 샹들리에는 홀을 따뜻한 빛으로 비추고 있었다. 바닥의 카펫에는 칼슘 가문의 역사를 보여주는 그림이 장식돼 있었고, 무슨 이유에선지, 특정한 패턴을 수놓은 책이 많이 꽂혀 있었다. 홀의 끝에 설치된 무대에는 돌로 만든 연단이 있었다. 무늬 없는 회색 돌로 만든 천장은 나무와 금속 기둥으로 받쳐 두었다. 수많은 원소가 자리에 앉아 서로 이야기를 나누고 있었다. CSI 5명 역시 자리에 앉았다. 4명은 로코코 스타일 의자에 앉았고, 아이오딘은 그가 방금 만들어낸 회색의 아이오딘 의자에 앉았다.

"이건 내 평생 참석했던 가장 큰 행사야!" 아이오딘이 말했다.

"응 나도 여기 있어서 좋아. 지난 모험 이후로 경험한 가장 재미있는 일이야. 내 삶이…그 모험 이후 갑자기 너무 지루해 보여서 말이야." 아이언이 가방에서 무언가를 꺼내 만지작거리며 말했다.

"천장을 따라 기어가는 전구를 만들면 지루하다고 하진 않겠지." 의자가 회색 조각들로 무너져 내리자 아이오딘이 비명을 질렀다. "아야!"

모두가 웃음을 터뜨렸다.

"이제야 재미있네." 설퍼가 웃으며 말했다.

"이 의자 좋아할지 모르겠네?" 아이언이 철제 의자를 만들면서 말했다.

"그래, 고맙다. 아야…." 아이오딘이 엉덩이를 문지르며 말했다.

모두 자리에 앉자 마그네슘 시장이 연단에 올랐다.

"모두 주목해 주세요!!!" 베릴륨 스피커[3] 덕분에 시장의 목소리가 100배 더 크게 들렸다.

"우리는 데모크리토스[4]가 기초를 닦아 만들어진 원소들의 도시 300주년을 기념하기 위해 여기에 모였습니다…." 연설은 1시간 넘게 이어졌고, 시장은 역사를 열거하기 시작했다. 돌턴[5], 라부아지에[6], 보일[7]을 비롯해 10명이 넘는 창조자들-주기율표 세계에서 원자를 연구한 사람들은 창조자로 불린다-에 대해 떠들어댔다. 연설 초반 10분 정도만 해도 그래픽과 퍼포먼스 덕분에 무척 흥미로웠다. 퍼포먼스는 프랑스 세금 공무원이었던 라부아지에가 목이 잘려나간 사건에 대한 것이었다. 당시만 해도 정부가 모든 수익에 대해 무거운 세금을 매겼고, 프랑스대혁명이 일어나면서 이들 세금 공무원이 철퇴를 맞게 되었다. 퍼포먼스는 가짜 피를 사용했는데, 이

---

3 베릴륨은 소리를 자체적으로 통과시키는 소리 전도율이 매우 높다.

4 고대 그리스 사상가로 원자 개념을 최초로 사용해 체계화했다.

5 영국의 화학자. 원자의 개념을 언급한 최초의 현대인이다.

6 프랑스의 화학자. 원소를 목록화하려고 했지만 완벽하지 못했다.

7 영국의 화학자. 최초로 원소의 개념을 사용했다.

때문에 일부 원소들이 구토하거나 혐오감에 몸서리쳤다. 하지만 아이언은 자신이 진행하고 있던 프로젝트 구성품을 꺼내 손보기 시작했다. 그것은 철 프레임을 두른 작은 유리공이었다. 다른 이들은 모두 열심히 보면서 듣고 있었다. 1시간이 지나 연설이 끝났을 때 아이언은 공을 주머니에 넣고 그들의 방으로 CSI를 데리고 갔다.

"짠!" 아이언이 방을 보여주며 말했다. 지름이 20m 정도 되는 커다란 원형 방에는 해자를 내려다볼 수 있는 발코니가 있었고 한쪽에 침대 3개가 나란히 놓여 있었다. 침대에는 신선한 나무 냄새가 나는 하얀 시트가 깔려 있었다. 방의 다른 쪽에는 성의 중앙홀과 마찬가지로 로코코 스타일을 따른 마호가니 책상과 의자가 놓여 있었다. 카본이 침대를 껴안았는데, 너무 부드럽고 편안해서 물처럼 느껴졌다.

"와, 여기 진짜 진짜 멋지다!" 아이오딘이 아이언과 주먹을 부딪치며 말했다.

"그래, 네 텐트보다 100배 낫다, 실리콘!" 카본이 베개를 껴안으며 말했다.

"아, 그렇단 말이지?" 실리콘이 이제는 2m 길이로 커진 애완용 다이아몬드백 방울뱀을 풀어 주며 말했다. 뱀은 침대와 의자 사이로 카본을 쫓아다니며 발목을 물었다. 의자가 넘어져 바닥에 부딪혔다.

"너희 둘, 인제 그만!" 아이언이 에너지를 뿜어 바닥에 철의 장벽을 만들고, 방울뱀의 길을 막았다.

"이제 나는 갈게." 아이오딘이 난리 통을 피해 조심스레 방 밖으로 발걸음을 옮겼다.

난리 통을 정리하고, 몇 번 주먹 악수를 한 뒤 대원들은 잠옷으로 갈아입고 이를 닦았다. 침대에 누웠을 때 다가오는 혼란에 대해서는 전혀 알 수 없었다.

▽ 3. 그물

대원들이 깨어났을 때 성은 온통 사람들로 붐볐다. 여기저기에 회랑과 간식이 있었다. 가이드(Guide) 갈륨(Gallium)이 이끄는 원소 역사 투어가 진행되고 있었다. 은색의 흘러내리는 머리카락을 가진 갈륨은 다치지 않기 위해 온갖 종류의 냉각 장치를 사용하고 있었다. 갈륨은 정말이지 너무 쉽게 녹기 때문이다. 갈륨은 실제로 옷 안에 아이스 팩을 넣어두고, 에어컨 드론을 달고 다녔다. 아이오딘이 20분 동안 문 바로 밖에서 아이언을 기다리다가 방으로 들어왔다. 아이언과 아이오딘은 테이블에 앉아 아이언의 소규모 프로젝트 작업을 진행했다. 나머지 CSI는 칼슘 백작과 이야기를 하기 위해 그를 찾으러 나섰다. 하지만 집사 비스무트는 그가 아침에 성을 나갔다고 알려주었다. CSI는 수상한 그물을 자세히 살펴보기 위해 성 밖으로 나왔다. 계단을 내려가는 도중에 여전히 선글라스를 쓰고 있는 칼슘 백작과 마주쳤다.

"아, 거기 안녕하십니까, 여러분에 대해서는 많이 들었어요." 백작이 손을 흔들며 말했다.

"저희도 뵙게 되어 반갑습니다. 오늘 아침에 어디 계셨는지 궁금한데요. 비스무트가 말해줬어요." 설퍼가 말했다.

"어…기념식에 대해 시장과 상의해야 했어요. 그건 그렇고, 어디 가시는 길인가요?" 갑작스러운 질문에 깜짝 놀란 듯 백작이 말했다.

"해자에 있는 그물을 보고 싶어서요. 그게 뭔가요?" 카본이 대답했다.

"아, 그거 말이죠…제 새로운…성 장식입니다. 별로 볼만한 가치는 없어요. 그냥 소소한 장식일 뿐이라서요. 뭔가 재미있는 것을 보러 가면 어때요? 4층에 팩(PAC·Protactinium+Carbon)맨 기계를 좀 갖고 있거든요." 여전히 놀란 모습으로 백작이 대답했다.

"그럴게요. 그럼 이만!" 실리콘이 백작의 얼굴이 계단 벽 뒤로 사라지는 것을 보면서 말했다.

"흠…좀 수상해 보여. 놀라는 것도 그렇고, 우리가 그걸 보길 원하지 않는 것처럼 행동하잖아." 설퍼가 말했다.

"네가 좀 편집증적으로 행동하는 것 같은데, 설퍼." 실리콘이 말했다.

“뭐? 그게 이상하지 않단 말이야? 내 말은, 그 그물이 뭐가 그렇게 특별해? 아이오딘터넷(Iodine+Internet)에서 칼슘 백작을 검색해 보니 선글라스를 끼고 있지 않더라고! 선글라스를 낀 사진은 한 장도 없어!” 설퍼가 대답했다.

“아니면 아마 여자 친구 이름이라도 써 놓았겠지.” 카본이 자신의 농담에 킥킥거리며 말했다.

어느새 대원들은 우유 해자 모서리에 와 있었다. 일부 원소들이 지나쳐갔지만, 그들은 반짝이는 하얀 성에 더 관심이 있고 CSI를 알아보지 못하는 것 같았다. 가까이 가자 그물은 4m 정도로 훨씬 컸다. 기둥에 새겨져 있는 표시는 확실히 여자 친구 이름은 아니었다.

“이게 대체 뭐지?” 실리콘이 말했다.

“모르겠어. 하지만 사진은 찍어놓자.” 카본이 카메라 플래시를 터뜨리며 말했다.

“백작한테 가서 물어보자…아냐, 우리한텐 말 안 할걸… 아! 역사학자(Historian) 하프늄(Hafnium)에게 물어보자!” 설퍼가 말했다.

“고고학자(Archaeologist) 악티늄(Actinium)도 잊지 말라고!” 카본이 말했다.

“어, 여기서 그 사람들 확실히 찾을 수 있는 거야?” 실리콘이 말했다.

설퍼는 웃으며 전화기를 꺼냈다.

한편 아이오딘과 아이언은 유령 퇴치 기계 고스트 버스터를 만들고 있었다.

기계는 그다지 크지 않고, 켜고 끄는 스위치와 손잡이, 스크린, 소형 스피커와 함께 철 프레임을 두른 유리공이었다. 유령이나 비슷한 존재에 가까워지면 삐 소리가 나야 했지만 1초마다 삐 소리를 내고 있었다. 아이언과 아이오딘은 문제를 고치려고 했지만 성공하지 못하고 있었다.

"정말이지, 이 물건은 모든 것을 유령으로 생각하는 게 분명해." 아이언이 말했다.

"이 감지기에 뭔가 분명히 문제가 있어." 아이오딘이 프레임의 작은 부품을 집어 들며 말했다.

"자, 그럼 고쳐 보자고!" 아이언이 말했다. "알잖아, 우라늄 백작과 라듐 백작이 이상하게 행동하는 건 유령하고 뭔가 관련이 있을 거로 생각했어. (아이오딘 "방금 걸 포함해서 27번 말했어.") 그리고 또, 어젯밤에도 침실에서 이상한 소리를 들었단 말이지. 언어로 표현하긴 힘들지만. 소리 전도도가 높은 베릴륨에 가서 말할 계획이야. 그는 분명히 더 잘 들었을 거야."

"어, 응" 관심이 없는 듯 아이오딘이 말했다. 그는 해초[8] 껌을 씹으면서 고스트 버스터를 개선할 방법을 나열하고 있었다.

아이언은 분명히 짜증이 났지만 가장 친한 친구를 위해 꾹

8 해초에는 요오드가 많이 함유돼 있다.

참았다. "나 베릴륨에 전화한다." 그가 말했다. 아이오딘은 여전히 신경 쓰지 않았다.

벨이 세 번 울린 후 베릴륨이 전화를 받았다. 그는 아무 소리도 듣지 못했던 것으로 밝혀졌다. 그렇게 늦도록 성에 머물지 않았다고 했다. 심지어 어제 성에 오지도 않았다. 그는 여전히 집에 있었다. 전화를 끊은 뒤 아이언은 당황하고 좌절했다. 그때 마그네슘 시장의 목소리가 울려 퍼졌다. "모든 원소는 중앙홀로 집결하십시오!"

방 밖에서는 원소들이 중앙홀로 가는 길을 찾기 위해 사방으로 바쁘게 움직이고 있었다. 아이언은 친구의 손을 잡고 서둘러 홀로 갔다. 그가 도착했을 때 시장은 극도로 긴장하고 스트레스를 받은 상태로 연단에 서서 눈을 앞뒤 좌우 위아래로 굴리고 있었다. 그는 떨고 있었다. 카본과 실리콘, 설퍼가 숨을 몰아쉬며 조금 늦게 도착했다.

"무슨 일이야?" 아이언이 물었다.

"아, 그게…우리가 해자에 있는 이상한 그물을 확인하기로 했거든, 그런데…이 표시들이 빛나기 시작하더니 그물이 퍼져나가서 성 전체를 감싸버렸어. 견고한 벽처럼 되어서 빠져나갈 수가 없어. 근처에 있는 사람들 모두 공황 상태가 되어서 이리저리 뛰어다니면서 벽과 그물에서 빠져나가려고 했지." 카본이 이상한 표시를 보여주면서 말했다.

"이상하네." 아이언이 말했다. "이거 혹시?"

"그럼 우리 여기 갇힌 거네!?" 아이오딘이 공포에 질려 끼어들었다.

"그냥 오작동일 수도 있지." 실리콘이 아이언에게 말했다. "네 장비처럼."

"간단한 실수였거든." 아이언이 움찔하며 말했다. 아이언은 실리콘의 텐트에서 새 자물쇠를 시험하다가 실리콘을 텐트 안에 가뒀다. 실리콘은 스스로 힘을 써서 구멍을 낸 다음에야 텐트에서 나올 수 있었다. 이후 실리콘은 확실히 아이언의 열렬한 팬은 아니게 되었다.

"모두 주목!" 시장의 목소리가 울렸다. 아이오딘이 귀를 막았다. 사람들 대부분이 마찬가지였다. 시장은 그가 긴장할 때는 그랬던 것보다 더 큰 목소리로 말했다. 사실 그는 불타는 마그네슘처럼 하얗게 희미한 빛을 내고 있었다. 신경이 곤두섰기 때문으로 보였다.

"에, 다소 불행한 사건을 알려드리기 위해 왔습니다. 관측에 따르면 해자에 있는 물건-화면에 사진이 떴다. 그물이 퍼져나가 속이 비치는 재질의 커튼 같은 장벽을 만들어 온 성을 감싸고 있었다-이 일종의 힘의 공간, 즉 역장을 만들어 우리가 그 속에 갇혔습니다. 이제, 당황하지 마시고요."

모여 있는 원소들은 시장의 요구사항에 대해 굉장히 당황하며 소리를 지르는 것으로 대답했다.

"주최 측에서 어떻게 이 힘의 공간을 없애야 할지 알아보고 있고, 성안에는 한 달은 먹고살 수 있는 충분한 자원이 있습니다…."

하지만 시장의 목소리는 대혼돈의 바닷속에 가라앉아 버렸다. 어떤 원소는 폭발했고-예를 들어 하이드로젠-다른 원소는 빛을 내기 시작했으며-네온 등-대부분은 비명을 지르며 뛰어다녔다. 혼란이 가라앉은 뒤, 모두가 한 가지 사실만은 알고 있었다. 그들이 심각한 곤경에 처했다는 것, 그리고 왜 이런 일이 일어난 것일까?

▽ 4. 칼슘의 상자

사건 이후 모두가 각자의 방에 들어앉아 토론하거나, 진정하거나, 겁에 질려 있었다. CSI는 함께 방에 모여 있었다.

"이건 말이 안 돼." 아이언이 침묵을 깼다.

"참 고맙다. 너 아니면 몰랐겠네." 설퍼가 방에 들어와 문을 닫으며 말했다.

"밖의 상황은 어때?" 아이오딘이 물었다.

"엉망이지." 설퍼의 체취가 더 나빠지면서 방을 썩은 달걀 냄새로 채웠다. 모두 냄새에 움찔했다. "보안당국이 초자연 수사관들과 연락하려고 하는 것 같더라. 성을 살펴보는 사람들도 있고."

"밖에 상황 좀 살펴보러 다녀올게. 같이 갈 사람?" 카본이 일어났고, 설퍼가 뒤따랐다.

"위험해." 설퍼가 나서고, 카본이 물러섰다. "너도 알다시피 이건 사고가 아니야. 딱 정오에 맞춰 일어났고, 성이 원소들로 가장 붐비고 있을 때였지. 칼슘이 그 석기시대 테니스 그물은 장식용이라고 했던 거 기억하지? 그럼 그물이 힘의 공간을 만든 건가?"

"이건 장식이 아냐. 무기지. 칼슘이 거짓말을 했어. 왜지?" 설퍼가 침대로 천천히 걸어가 앉았다.

그때 누군가 문을 두드렸다. 실리콘이 문으로 달려가 열었다. 머리카락이 무지갯빛으로 빛나는 사내가 손에 편지를 들고 걸어 들어왔다.

"비스무트?" 카본이 일어나 집사에게 갔다.

"편지를 가져왔습니다." 비스무트의 목소리는 어렸고, 건강했으며 단조로웠다. 하지만 카본은 즉시 뭔가 잘못됐다는 걸 알아챘다. 비스무트의 눈은 편지에 고정돼 있었다. 비스무트는 카본에 편지를 준 다음 겁에 질린 듯 서둘러 방을 빠져나갔다.

카본이 편지를 바라보았다. 크림색 종이에 왁스로 봉인돼 있었다. 카본은 봉인된 봉투를 열어 편지를 꺼내 들고 읽었다.

새벽 3시에 무기고로 와 주시기 바랍니다. 우리의 목숨이

달린 문제입니다. 반드시 동행 없이 여러분만 오십시오.

"비스무트가 왜 이런 비밀스러워 보이는 편지를 가져온 거지? 누가 보냈든 비밀로 하길 원했어. 왜 우리한테 직접 오지 않고?" 설퍼가 마치 끝내지 못한 직소 퍼즐인 것처럼 편지를 바라보며 말했다.

"모르겠어. 하지만 우리가 다른 누구에게 알리지 말아야 할 중요한 일인 것 같아. 만약 우리가 운이 없다면 편지를 보낸 사람은 우리가 여기 갇힌 이유에 대해 거짓말을 한 칼슘 백작일 수도 있겠지. 아니면 경찰일 수도 있고. 젠장, 비스무트일 수도 있어. 혹시라도 비스무트가 차에 곁들여 폴로늄[9]이라도 삼킨 것처럼 행동하는 이유가 뭔가 우리가 피하고 싶은 것 때문이라면…." 카본은 스크래치 방지 기능-부서지지 않는 것은 아니었다-이 있는 날카로운 다이아몬드 결정체 칼날을 뽑아내면서 말을 끝냈다. "우리는 눈과 귀를 열어놓아야 해."

아이언은 한 손에 쇠 지렛대를 꽉 쥔 채 무기고 문을 조심스레 열었다. 설퍼는 유황 가스로 가득한 산탄총을 들고 뒤에서 있었다. 누구든 썩은 달걀 냄새의 가스를 맡으면 토하게 될 것이었다. 나머지 CSI도 뒤따랐다.

아이언은 문을 발로 차 연 다음 방에서 나오는 어떤 것이든 두들겨 팰 작정으로 쇠 지렛대를 들었다. 다행히도 아무도 기다리는 사람은 없었다. 하지만 누군가 비명을 질렀다.

---

9 강력한 방사성 원소의 하나이다.

"오, 이런 하프늄 신이시여[10]! 항상 손님을 이런 식으로 맞아줍니까?" 비스무트가 아이언에게 소리치고는 입을 다물었다. 컬링 스톤만 한 눈이 공포에 질려 있었다. 그가 왼손에 들고 있던 폴라로이드 사진을 떨어뜨려서 사진이 바닥에 흩어졌다. 아이언이 몸을 구부려 사진 한 장을 집어 들었다. 몇 초간 그것을 본 다음 설퍼에게 건네주었다.

"왜 빈 복도 사진을 갖고 있나요?" 설퍼는 카본에 사진을 보여주었고, 실리콘과 아이오딘도 더 가까이에서 보기 위해 모여들었다. 그것은 칼슘 백작의 침실 바로 밖 복도 사진이었다.

"백작님이 계속 부르는 와중에 정확한 프레임대로 사진을 찍는 게 쉽지 않아요. 게다가 성이 봉쇄돼 있잖아요. 들어보세요. 저는 당신들 모두의 도움이 필요해요." 비스무트가 나머지 사진들을 집어 들었다. 그것은 백작이 방에 들어가서 큰 상자 또는 비슷한 것을 가지고 나오는 모습을 보여주고 있었다. 복도는 어두웠고 사진에 찍힌 것이 백작임을 알아볼 수 있게 해주는 유일한 건 매우 하얀 머리카락이었다. 하지만 그가 들고 있는 것은 무척 컸다. 의자 크기의 정육면체였다.

"그 정육면체는 뭔가요?" 실리콘이 사진을 들여다보며 말했다. 사진의 80%는 온통 검은색이어서 의문의 정육면체를 알아보기도 쉽지 않았다.

"모르겠어요. 왜 내가 도시의 가장 위대한 영웅들을 불렀겠

---

10 원문은 Holy Hafnium! 이다. 놀랄 때 신을 찾는 영어 표현에 빗댔다.

어요?" 왜 CSI가 아닌 자가 따라다니는지 궁금해하면서 비스무트가 아이오딘을 쳐다보았다.

모두가 동시에 대답했다. "우리가 해결해주길 바란단 말이죠." 아이언이 '찌찌뽕'이라고 말했다.

"우리는 에르퀼 푸아로[11]가 아니에요. 지난 원정 때만 해도 명확한 계획과 방향, 목표가 있었지만, 지금은 어디서 시작해야 할지도 모른다고요. 말이 나와서 말인데, 이게 중요하기나 한 건가요? 칼슘이 상자를 갖고 있다고 해서 누가 신경 쓴다고 그래요?" 설퍼가 말했다.

"좋은 지적이네요." 비스무트의 표정이 공포에서 혼란스러움으로 바뀌었다. "왜냐하면 이 일(비스무트가 사진을 손가락으로 가리켰다)이 있기 1분 전에 제가 방에 들어가 청소했거든요. 침대를 정돈하고, 접시를 치우고 그런 일이요. 제가 아는 한 저런 상자를 넣어둘 만큼 큰 장소는 어디에도 없어요. 백작에게 저 그물이 장식이라고 들은 유일한 사람도 아니고요. 분명히, 백작은 이 모든 일과 연관돼 있어요. 만약 여러분이 거절한다면, 경찰이 와서 조사하겠지요. 그들이 경쟁력은 있겠지만 너무 서류작업이 많고, 신경도 많이 쓰지요. 우리는 이제 28일 치 자원밖에 갖고 있지 않고 이번 사건의 원인을 찾으려면 통상 한 달이 넘게 걸려요. 여러분이 직관에 의존해서 어디든 다녀보는 게 더 빠를걸요. 우리에겐 시간이 없어요. 하시겠어요?" 비스무트의 표정은 이제 지도자의 표

---

11 애거서 크리스티의 추리소설에 나오는 주인공 탐정의 이름이다.

정처럼 보였다. 공익을 위해 다른 사람들에게 위험 속으로 뛰어들도록 확신을 주는 지도자 같았다. CSI는 어쨌든 평범하지 않은 인생으로 돌아가려는 기회를 얻고 싶어 안달이 나 있었다. 답은 처음부터 정해져 있었다.

"네, 할게요."

▽ 5. 비밀의 방

"제가 가진 모든 걸 활용해 돕겠습니다. 가장 먼저 물어볼 사람은 보안 전문가(Security Specialist)인 스칸듐(Scandium)인 듯싶군요. 보안 영상을 조사하고 있는 걸 봤어요." 비스무트가 아이오딘이 만든 해초 차를 마시며 CSI에 말했다. 석유와 쇳가루를 섞은 것 같은 맛이 났지만, 비스무트는 좋아하는 듯 보였다. 아이오딘은 고스트 버스터를 들고 있었다. 스칸듐이 방으로 들어왔다.

스칸듐은 진회색 머리카락을 뒤로 묶어 목 뒤로 땋아 내렸다. 스리피스 정장을 입고, 아이패드를 들고 있었다. 그녀의 얼굴은 조각상 같아서, 실제보다 덩치가 더 커 보였다. 실제로는 이 방에 있는 원소들 가운데 아이언 다음으로 가장 작았다.

"저분과 이야기 좀 해야겠어요." 스칸듐이 비스무트를 가리켰다. 비스무트는 진짜는 아니겠지, 하는 표정을 지어 보였다.

"이런 우연이! 당신과 이야기하려고 찾고 있던 참이었어요." 비스무트가 사진을 꺼내며 말했다. "왜 백작님이 존재하지 않았어야 할 거대한 상자를 가졌는지 알아야겠거든요."

"아마도 당신이 날 돕고 나서 도울 수 있겠네요." 스칸듐이 아이패드에 있는 목록을 샅샅이 살펴보기 시작했다. 아마도 심문 목록 같았다. "아마 20분 뒤에요. 경찰(Police) 포타슘(Potassium·칼륨)이 수백 개의 질문을 보냈어요. 당신이 왜 칼슘을 위해 일하는지 묻고 싶지는 않군요." 그녀는 꼴사납다는 표정을 지어 보였다. 심문관으로 일하는 것이 맘에 들지 않는 게 분명했다.

"백작이 많은 급여를 약속했고, 나는 뭔가 정리하는 걸 좋아하거든요. 끝났나요?" 비스무트는 질문을 하고 싶어 안달나 보였다.

"아뇨, 아직입니다. 당신은 이 봉쇄된 성의 주인과 가장 가깝지요. 아마도 당신들은 잠시 자리를 비켜줘야겠어요." 스칸듐이 CSI에 말했다. 비스무트는 버팀줄로 스파게티 국수를 사용하는 1km 높이 번지점프대에 올라가라고 방금 이야기를 들은 사람 같아 보였다.

스칸듐에게도 유머 감각은 있었다. 하지만 그렇다고 "당신이 가장 자주 하는 일이 무엇입니까?" 종류의 질문은 영 아니었고, 재미있지도 않았다.

"다음 고문…질문이 뭔가요?" 비스무트의 눈이 초점을 잃었다. 지루해서 잠이 들려는 사람이 보이는 첫 번째 징후였다.

"없어요. 그게 100번째 질문이었어요." 스칸듐이 아이패드를 바닥에 내려놓았다. "CSI가 노크할 때가 됐는데…."

스칸듐이 이 말을 하자마자 설퍼가 노크도 없이 문을 열었다. 나머지 CSI는 뒤에 있었다.

"네, 이제 끝났어요. 어떤 영상이 필요한가요?" 스칸듐이 CSI의 마음을 읽었다.

"칼슘이 침실에 거대한 상자를 갖고 있어요. 그런데 비스무트가 1분 전 둘러보았을 때는 방에 없었다고 해요. 알아봐야겠어요." 설퍼가 말했다.

"그 소름 끼치는 백작의 방을 들여다보고 싶지만, 안 돼요. 그 방 안에는 CCTV가 없어요." 스칸듐이 몸을 돌려 CSI를 바라보았다.

"그래서 왜 그런 상자가 있는지 알아보려면, 포타슘에게 가보세요." 스칸듐은 아이패드를 집어 들고 방을 나갔다.

"포타슘이 그 이상한 방을 둘러보게 허락해 줄 거로 생각해요?" 카본이 스칸듐의 뒤에 대고 소리를 질렀다.

"내가 요청하면, 아마도 그럴 거예요." 스칸듐은 모서리를 돌아 사라졌다.

“아무것도 만지지 마세요.” 포타슘이 그들을 방으로 안내했다. “여전히 개인 공간이에요. 서두르세요.” 경찰은 10시간짜리 문법 수업 시간에 와 있는 것처럼 보였다. 은색 눈은 초점을 잃었고, 이런 마음 상태가 몸에도 영향을 주고 있었다. 포타슘은 많은 물질과 격렬하게 반응하는 경향이 있고, 그 결과 화재 유발로 이어질 수 있어서 그는 섭씨 24도의 날씨에도 성안에서 매우 두꺼운 회색 코트를 입고 있었다. 하지만 코트와 그의 보라색 머리카락에서는 연기가 나고 있었고, 아르곤 가스라고 쓰여 있는 산탄총을 그 자신에게 발사하기 위해 들고 있었다. CO_2와도 반응하므로 소화기도 쓸 수 없었다.

방은 직사각형 모양으로, 왼쪽에 붉은색으로 칠한 옷장이, 오른쪽에는 어떤 종류의 장식도 없이 완전히 하얀 침대가 놓여 있었다. 그것이 전부였다.

“이게 다야?” 아이언이 목소리에서 실망감을 감추지 못하고 말했다.

“날 믿어요. 100m 높이의 성에선 한 방에 많은 것을 필요로 하지 않아요.” 비스무트가 방으로 걸어 들어오면서 이상한 게 없는지 살폈다.

“벽 한번 차 봤어?” 아이언이 길이 3피트, 폭 1인치짜리 강철 실린더를 만들어내 문자 그대로 벽을 걷어찼다. 비스무트와 포타슘의 눈이 키위 크기로 커졌고, 폭발을 막기 위해 포타슘이 자신에게 아르곤 가스를 발사했다.

“대체 뭐 하는 겁니까?” 포타슘은 문자 그대로 폭발할 것 같았다.

“비밀 공간이 있을 수도 있잖아요, 그렇죠?” 아이언은 철 케이블을 소환해서 벽장을 벽에서 떼어 내려고 했다. 벽장은 꼼짝도 하지 않았다.

“옷장이 왜 벽에 달라붙어 있는 거야?” 실리콘이 빨간 벽장으로 다가가 케이블을 치운 다음 벽장문을 열었다. 물건이 많지 않았다. 하얀 옷이 군대에서처럼 각을 맞춰 쌓여 있었다.

“아마 우리가 벽장을 살펴볼 순 있겠죠.” 포타슘의 얇은 구레나룻이 떨리기 시작했고, 따라서 무서워 보였다. “하지만 걸어 다니는 사고뭉치 먼저 없애야겠군요.”

아이언이 강제로 방 밖으로 보내진 다음, 포타슘은 벽장 안에 있는 내용물을 자세히 살피기 시작했다.

이 작업에만 한 시간 반이 걸렸다.

“뭐 좀 찾았어요?” 설퍼는 거의 잠들기 직전이었다. 그와 CSI 모두 점심을 못 먹었기 때문이었다.

“아직 아무것도요. 여러분은 다른 걸 찾아보면 어때요. 최대한 머리를 많이 동원해 봐야죠.” 포타슘은 26번째 흰색 셔츠를 살펴보기 시작했다.

“벽을 두드려볼까? 숨은 공간이 있을 수 있어. 아니면 이 친구에게 벽을 부수라고 부탁할 수도 있고.” 아이오딘이 카본을 가리켰다. 카본은 고개를 번쩍 들었다. "뭐라고?"

"내가 허락할 때까지 부수는 것은 안 됩니다!" 포타슘이 두드려봤지만, 알아낸 것은 없었다.

"더 세게 해보세요." 아이오딘의 목소리는 이상하게 비웃는 듯 들렸다. 포타슘이 더 세게 치도록 유도하는 것 같았다. 아이오딘은 아이언을 보러 나가라고 강제로 포타슘에게 허락받았다.

툭 툭 툭 툭 툭 툭 툭

"기다려요." 카본이 일어났다. "그 부분을 다시 해보세요." 포타슘이 이미 눈치를 챘다. 구석에 있는 아주 작은 부분에 손을 갖다 대고 말했다. "여기, 부숴요."

카본이 100개의 날카롭고 작은 다이아몬드 결정체를 만들어 벽장 구석으로 빙빙 돌며 날아가게 했다. 나무가 사라지고 붉은색과 갈색 먼지만 남았다. 카본이 먼지를 거둬내자 크게 갈라진 구멍이 나오면서…책이 드러났다. 진짜로 비밀 공간이 있었고, 그곳에 책을 보관하고 있었다. 칼슘이 가지고 나왔던 의문의 정육면체가 들어갈 만큼 컸지만, 지금은 책 5권과 1kg 정도의 먼지만 남아 있었다. 포타슘이 책 한 권을 손으로 들고 먼지를 털어낸 다음 제목을 읽었다.

"'핵의 방법' 난 이런 책은 잘 모르는데" 포타슘이 다른 책을 집어 들고는 숨을 멈췄다.

"'어리석음에 대한 35가지 이유' 이 책은 반정부 서적으로 300년 전에 금지된 책이에요." 그는 다른 책도 꺼냈다. "'창조자들이 하는 일' 이 책도 100년 동안 금서였어요. 어떤 광신교 집단이 이 책을 썼는데 20명의 원소가 종교에 가입했죠."

"그 상자가 뭐였는지 알 것 같네." 카본이 말했다. "중앙홀에 있는 책들은 특정한 패턴으로 수놓아져 있었어. 금서들이었던 거야."

"칼슘하고 이야기해야 해요." 포타슘이 뛰어나갔다.

▽ 6. 또다른 세계

칼슘은 자신의 방으로 가고 있었다. 방 밖 복도에서 포타슘이 그를 압박했다. "범죄는 아니지 않나요? 그렇죠?" 칼슘의 목소리에는 걱정이라곤 없었다. "나도 최근에 발견했어요. 오래된 간행물을 갖고 있다고 누군가를 처벌할 순 없죠."

"하지만 그것을 숨겨놓는 것은 아주 의심스럽죠. 상자 어디 있습니까?" 포타슘이 사진을 들어 보였다.

"아, 그 상자요. 진짜 오래된 책자들이 들어 있어요. 아마 1000년 정도 된 것들요. 그때는 도시가 책을 볼 때마다 어떤 것이든 파괴했지요. 암흑기라고 불렸잖아요, 거의 살아남지 못했지요. 이름이 적히고, 원소들은 처벌받았어요. 내가 가진 책들은 가치가 어마어마합니다."

카본은 포타슘과 칼슘의 대화를 귀 기울여 들었다. "분명히 뭔가 숨기고 있어. 칼슘은 백작이야. 저렇게 조롱하는 듯이 말하지 않아." 카본이 말했다.

"역사 강의는 필요 없습니다. 어디 있습니까?" 카본은 문틈으로 아르곤 가스가 분사되는 소리를 들을 수 있었다.

"지하 감옥 아래입니다." 칼슘은 아직도 소름 끼치게 차분했다.

"우와" 실리콘은 볼링 레인만 한 크기의 지하 석실을 보고 있었다. 삐걱거리는 가문비나무 책상과 몇 톤은 됨직한 포스트잇, A4 종이, 아주 오래된 책들과 글씨와 그림이 가득 적힌 노트와 종이로 가득했다. 바닥은 절반은 돌이고, 절반은 먼지였다. 카본은 노트 하나를 들여다보았다.

유령. 여기에. 자원이 필요하다. 돌, 비단, 박물관 물건들.

"이 책은 *'왜 영혼이 가는가'*야." 설퍼가 석실의 반대편에서 말했다.

"이 종이는 이상한 기호로 가득해." 실리콘이 카본이 읽은 노트 바로 옆에 있는 종이를 보며 말했다.

"와, 이 사람 유령 마니아네." 아이오딘이 노트를 들여다보며 말했다. "여기 사진이 있네."

3개의 사진 이미지는 떨리고, 희미했지만, 알아볼 수 있었다. 모두 같은 장면을 보여주고 있었다. 어떤 방 가운데 떠 있는 하얀 방울이었다. 이미지는 채색이었지만 카메라가 너무

심하게 흔들렸다.

"유령 소환" 아이언은 *'또 다른 세계'*라는 제목의 책을 보았다. "유령이 눈에 보이는 형태로 나타나면, 빛의 구를 만든대. 사진은…."

"칼슘이 어떤 방법인지 유령을 소환하는 데 성공한 거야." 카본이 결론을 내렸다. "아니면 유령이 그에게 와서 자신들에 대한 칼슘의 지식을 알아챈 거지. 어느 쪽이든, 유령이 있어."

"성을 둘러싼 장벽의 핵심이 그거야! 그리고 왜 칼슘이 뭔가 숨기길 원하는 것처럼 행동했겠어!" 아이언이 소리쳤다.

"그리고 암흑기에 관해서도 이야기했고, 모든 책은 예전부터 내려온 것들이야. 그가 고대 역사에 관심이 있다는 것도 말이 되지." 카본의 말이 빨라지는 걸로 봐서 충격을 받은 듯했다.

"그렇다면 칼슘에 빙의했거나, 소환된 유령이…." 카본의 눈이 커졌고, 진실에 점점 다가서고 있었다.

"고대의 존재라는 얘기야." 설퍼가 결론을 냈다.

"그럼 설명이 되네! 유령은 수백 년을 살아왔으니 엄청난 힘을 가지고 있을 거야. 그래서 고스트 버스터가 계속 울려댔던 거지! 그러면 우리가 만든 고스트 버스터를 써서 유령을 찾을 수 있겠네! 민감도를 낮춰서, 이 유령들을 추적하면 이 힘의 공간을 어떻게 무너뜨릴지 알아낼 수 있어." 아이오딘이 말했다.

"그래, 우선 어떻게 유령을 잡든지 힘의 공간을 무너뜨리든지 할 건데?" 카본이 말했다.

"또 다른 기계를 만들면 돼! 아니면 우리 각자 파워를 쓰거나. 그럼 아이언, 가서 일하자." 둘은 찰싹 붙어서 함께 작은 유리공을 만지작거렸다. 하지만 이들의 열정은 오래가지 못했다. 몇 분 뒤 귀를 찢는 듯한 비명이 들렸다.

"뭐야? 어? 어디야? 어떻게?" 아이언이 깜짝 놀라 말했다. 설퍼도 비명을 질렀다. 아이오딘이 상황을 알아보러 밖으로 나갔고, 모두 그를 뒤따랐다. 미로 같은 복도를 이리저리 오간 끝에 대원들은 수많은 원소가 방 주변에 모여 있는 것을 발견했다. 복도에는 모두 웅얼거리는 원소들로 가득했다. 정말이지 완벽한 혼돈이었다. 스피커에서 진정하고 방으로 돌아가라는 목소리가 최대 볼륨으로 울려 퍼지자, 그제야 원소들은 방으로 천천히 돌아갔다.

"그게 다 뭐였어?" 설퍼가 말했다.

"전혀 모르겠네." 아이언이 말했다.

바로 그때 스피커가 울렸다. "모든 원소는 제발 방에 머물면서 나오지 마세요. 되도록 1명 이상의 동료들과 함께 계시고요. 칼슘 백작이 사라졌습니다. 시장 마그네슘이 알려드립니다."

"뭐야? 백작이 사라졌다고? 아니, 아니, 아니야, 뭔가 잘못됐어. 아무도 어떤 질문도 하지 않았는데." 카본이 울부짖었다.

"좋아, 지금부터는 각자 조심해. 그리고 아이언, 고스트 버스터 준비됐어?" 실리콘이 말했다.

"응, 근데 정말 조용하게 울려. 어쨌든 유령이 있다는 걸 증명하는 거지. 다음엔 드론에 고스트 버스터를 달아서 성 주위를 돌아보도록 할게. 내가 직접 들고 돌아다니는 건 너무 위험해. 그리고 오늘 밤 만약에 대비해서 다 같이 모여서 자도록 해보자. 고스트 버스터를 벽에 붙여서 최대 볼륨으로 켜 놓을게." 아이언이 말했다.

하지만 그날 밤 아무도 잠들지 못했다. 또 다른 원소가 사라졌기 때문이다.

▽ 7. 사라졌던 원소

이번엔 옥시전(Oxygen, 산소)이었다. 옥시전은 혼자 방에 있다가 흔적도 없이 사라졌다. 하지만 방에는 유령의 흔적이 감지되었다. 모두가 메인홀로 모였다. CSI는 아이언이 드론 작업을 마치기를 기다리고 있었다.

"덕트 테이프 있는 사람?" 아이언이 물었다. "원래는 항상 갖고 다니는데 가방이 꽉 차서."

"여기." 아이오딘이 말했다.

"고마워." 아이언이 고스트 버스터와 드론을 덕트 테이프로 감으면서 말했다.

"밤을 새울 거야. 너희들…음…내 곁에 있어 줘." 아이언이 말했다.

“왜, 무서워?” 실리콘이 장난스레 말했다.

“어….” 아이언이 말했다.

“괜찮아, 우리가 너와 함께 깨어 있을 거니까.” 설퍼가 말했다.

대원들은 밤새도록 성의 구석구석을 살폈는데, 고스트 버스터가 가장 시끄럽게 울린 곳이 한 군데 있었다. CSI는 완전히 지쳤지만 모두 에스프레소 한 잔씩을 마신 다음 그 장소로 걸어갔다. 하지만 그 방은 반짝이는 새 자물쇠로 잠겨 있었고 문은 은행 금고 문 같았다. 문과 열쇠는 최근 추가된 것처럼 너무 새 것으로 보였다.

“CCTV 확인하러 가야 해.” 아이오딘이 말했다.

대원들은 3층의 감시실로 갔다. 천장부터 바닥까지 스크린이 설치돼 있고, 강철 벽으로 만들어진 방이었다. 스칸듐이 화면을 들여다보고 있었는데, 뭔가 잘못돼 있었다. 화면이 온통 검은색이었다.

“퓨즈가 끊어졌어요. 미안해요. 여기서 볼 게 없네요.” 스칸듐이 말했다.

실리콘은 감시실에서 나와 텅 빈 복도를 걷고 있었다. 그러면 안 된다는 걸 알았지만, 두 명이 사라지고 얼마 지나지 않았으니 또 다른 일은 일어나지 않으리라 생각했다. 그때 그녀는 칼슘이 도서관으로 서둘러 들어가는 것을 보았다. 흰 머리와 흰 외투로 칼슘을 알아보았다. 성안에서 유일하게 머리 색깔과 옷 색깔이 같은 사람이었다.

“저기요….” 하지만 칼슘은 도서관 문을 닫으면서 실리콘에 눈길을 주지 않았다. 실리콘은 한숨을 쉬며 문손잡이를 돌렸지만 움직이지 않았다. 실리콘은 저주를 퍼부으며 유리 조각을 발사해 문을 부쉈다. 문의 잔해 사이로 걸어 들어가 도서관을 두 바퀴 돌았지만, 아무것도 찾지 못했다. 문이 닫히는 소리를 들었을 때, 실리콘은 칼슘을 찾는 것을 포기하려던 참이었다. 그녀는 방의 다른 쪽으로 뛰어갔지만 잘못된 것이 하나 있었다. 입구는 여전히 열려 있었지만, 하지만…

칼슘이 나간 흔적이 없었다.

실리콘은 벽을 두드려보았다. 비어 있는 소리는 나지 않았지만, 확실히 하기 위해 벽을 부쉈다. 칼슘 결정체만 있었다. 실리콘은 밀고 당기고 소리치기도 해봤다. 욕을 하며 발을 굴렀지만 ‘쿵쿵’ 소리가 아니라 ‘텅텅’ 소리가 났다.

실리콘은 자신을 저주했다. 문이 바닥에 있다는 생각은 해본 적이 없었다. 실리콘은 경차만 한 유리 구체를 만들어 바닥으로 떨어뜨렸다. 바닥은 움푹 패긴 했지만 부서지지 않았다. 실리콘은 손을 뻗어 구체를 바닥에 강하게 내리쳤다. 천천히 삐걱거리더니 바닥이 무너져 내렸다. 실리콘은 구멍으로 내려갔다. 바닥이 무너지면서 드러난 거대한 방에는 나무와 돌의 잔해가 흩뿌려져 있었다. 원형 바닥 모양의 방은 지름이 10m, 높이는 5m 정도 됐다. 벽은 섬세하고 화려한 조각으로 장식돼 있었고, 중앙에 있는 석영 기둥 위에는 하얗고

납작한 물건이 쌓여 있었다. 칼슘은 그것 중 하나를 꺼내려고 하고 있었다. 실리콘은 칼슘을 부를까도 생각했지만 어리석은 짓이라고 판단했다. 그녀는 유리 조각을 발사해 칼슘의 코트를 단상에 고정했다. 칼슘은 끙하는 소리를 내면서 책을 떨어뜨렸다. 그는 코트를 떼어 내고 반대편으로 달려갔다. 그리고 말 그대로 붉은 증기구름으로 폭발했다.

실리콘은 책을 집어 들었다. 그것은 책 모양이었지만 밀랍으로 완전히 밀봉돼 있었다. 덮개를 벗겼더니 나무 상자가 나왔다. 상자에 눈에 보이는 자물쇠는 없었다. 누군가 안에 있는 무엇인가가 발견되는 것을 정말로 원하지 않은 것처럼 보였다. 상자를 흔들어 봐도 덜거덕거리지 않았다. 나무를 부숴 조각을 내려고 할 때 실리콘은 손끝에서 뭔가를 느꼈다. 나무 표면을 조심스럽게 손으로 쓸어 보았다. 무언가가 조각돼 있었는데, 너무 섬세하게 조각되어 맨눈으로는, 더구나 횃불로 불을 밝힌 거대한 방에서는 보이지도 않았다. 나무는 상자가 아니었고, 활자판이었다. 실리콘은 먼지로 가득한 바닥에 나무 활자판을 눌렀다. 이제 글씨를 볼 수 있었다.

'책을 읽지 마시오.'

물론, 실리콘이 이 책을 더 읽고 싶게 만들 뿐이었다. 책을 싸고 있는 왁스를 떼어 내자 제목이 보였다.

'원소들의 도시 역사'

그녀가 알고 있는 제목이었지만, 책장을 넘길 때 숨이 막힐 듯했다.

이 책은 지금까지 발견된 모든 고대 문서들보다도 2700년 앞선 것이었다. 그녀는 다른 책도 열었는데, 이 책의 이름은 모르는 것이었다.

'자격이 없는 원소들'

오늘 밤잠을 잘 수 없을 것 같았다. 그녀는 책을 읽기 시작했다.

▽ 8. 자격이 없는 원소들

다음날 실리콘은 그녀가 읽은 것을 CSI에 들려주고 있었다.

"도시가 처음으로 생겨났을 때, 창조자들은 자연의 속성들이 원소인지 확신할 수 없었어. 그래서 라이트(Light, 빛)와 히트(Heat, 열)를 원소로 분류했었지. 그들이 원소가 아니라는 것을 알게 됐을 때 창조자들은 진정한 원소가 될 수 없다는 이유로 그들을 도시에서 추방했어. 소문에 따르면 그들은 창조자의 기억에 의지해 유령의 형태로 남아 있대. 창조자들이 도시를 지켜보고 있는 한 그들은 죽을 수도, 살 수도 없어. 그들은 복수에 목말라 있대. 암흑의 시대에 도시의 역사가들이 그들의 부활을 두려워하면서 이름을 모든 책에서 지워냈지만 아마도 칼슘 백작의 조상은 그렇게 생각하지 않았나 봐. 가족의 전통이지.

그래서 이 남자, 라이트 백작은 온갖 종류의 주문을 만들어냈어. 순간이동, 힘의 공간 같은 것들 말이야. 책에 정확한 주문은 나오지 않지만, 라듐 백작과 우라늄 백작의 주문과 비슷해. 그리고 히트 백작은 라이트 백작의 절친이어서 주문을 다 알고 있었고. 궁금한 건 이거야. 지난번 주기율표를 찾으러 떠났을 때 우라늄 백작과 설퍼가 부순 변환기는 뭐지? 최대한 많이 알아내려고 했는데 그건 모르겠어." 실리콘이 말했다.

"그렇다면 답은 간단해. 문을 부수고 안에 뭐가 있는지 봐야지! 내 말은; 이 성은 오래됐어. 여기에 왜 은행 금고 문이 있는 거지? 정말 수상해." 가방을 만지작거리며 설퍼가 말했다.

"아니, 안 돼. 그냥 폭파할 수는 없어. 충격파 때문에 이 소름 끼치게 오래된 성을 날려버릴 수 있고, 또 문이 단단한 금속이어서 어떤 종류의 마법으로 강화돼 있을 거야. X레이 안경이 필요한데 그러려면 복잡한 기계가 있어야 하니까 다른 방법을 찾아야 해." 아이언이 말했다.

"저기, 너희들은 내가 만난 최고의 공학자들이야. 그럼 다른 기계를 만들어! 여기에서 나가고 싶은 수많은 원소가 있잖아. 팀을 만들자! 건물 안에 분명히 유령 사냥꾼이나 초자연

과학자가 있을 거야. 우리가 지난번에 그랬던 것처럼 언제나 우리는 길을 찾을 거야. 그렇지?" 카본이 말했다.

CSI가 몇 초간 그를 바라보더니 일제히 말했다.

"그렇지."

▽ 9. 탈출 계획

먼저 카본이 경찰에 전화를 걸어 우라늄 백작과 라듐 백작의 주문을 조사해달라고 요청했다. 경찰이 녹음 파일을 보냈지만 이해할 수 없는 수준이었다.

"음…카…바…스카…타? 으악! 이건 불가능해!" 실리콘이 말했다.

"카-바-스타-타-샤-타-문-이-카탄, 이렇게 들리는데." 카본이 말했다.

"그럼 그렇게 말하면 역장을 만들 수 있지 않을까?" 아이언이 흥분해서 물었다.

"아마도, 어떤 힘도 필요하지 않고 훈련만 하면 된다고 했어. 카본, 네가 했던 것처럼." 설퍼가 말했다.

"여기, 이 주문은 불덩어리가 틀림없어. 이걸로 그 문을 분명 부술 수 있을 거야!" 아이오딘이 말했다. 고스트 버스터가 가장 시끄럽게 울렸던 방으로 들어가는 문 말이었다. 지금까지는 어떤 것으로도 문을 부술 수 없었다. 티타늄으로 만들어진 문으로, 행사가 시작되던 날 천장에서 떨어진 벽돌 하나에 아이오딘이 다친 적이 있었다. 티타늄을 갖고 나가는 것은 고의적 방해로 의심을 받기 때문에 아이오딘은 문을 열 수 없었다.

"이 주문은 더 어려운데! 스카-타 두-마르-샤드위하" 실리콘이 실망하면서 말했다.

"스카-다 드루-나 사드위야 같은데" 카본이 말했다.

"여기 주문이 더 많이 있네. 모든 것을 밀어내는 것 같은 거. 와-사다-누 키 치-야!" 아이언이 말했다. 그러자 10m 반경 안에 있는 모든 원소의 발이 땅에서 떨어져 4m를 날아갔다. 일부는 무언가에 부딪쳤고 일부는 더 멀리 날아가 바닥에 미끄러졌다. 나머지는 완전히 넋이 나갔다. 일부는 소리를 지르거나 뛰거나 완전히 충격을 받은 듯 아이언을 바라보고 있었습니다. 아이언 자신도 잠깐 멍하니 서 있다가 활짝 웃었다.

"정말 멋져! 자, 여러분! 문을 부수는 방법을 알려드리겠습니다!" 아이언은 문을 향해 달려가며 말했다.

아이언이 쏜 불덩어리를 맞자 문은 화염 속에 폭발하며 날아갔다. CSI는 연기를 헤치며 방 안에 들어갔지만, 방은 그냥 벽돌 지하실이었다.

"뭐지? 어떻게? 아니, 아니, 아니 비밀 문이 있어야 하는데…그렇지!" 아이언이 벽을 움켜쥐자 벽의 한 부분이 갈리는 소리를 내며 열렸다.

비밀의 복도를 걸어가는 동안 아이언의 고스트 버스터가 더 시끄럽게 울리기 시작했다. 끝에 오자 더 시끄럽게 울려서 볼륨을 줄여야 했다. 보이는 것이라고는 일부 돌 기단과 성의 지도가 있는 아주, 무척 오래된 방뿐이었다. 대원들은 고스트 버스터를 쥐고 방을 둘러보았는데, 특정 장소에서 경보음이 아주 크게 울렸다. 아이언이 벽을 향해 불덩어리를 쐈고, 대원들은 결코 잊지 못할 것을 보았다.

처음 본 것은 구멍에서 피어오르는 연기였다. 연기는 붉었다. 완전히 밝은 빨간 색이었다. 빨간 연기의 바람이 원소들을 모두 날려버리더니 연기로 가려져 있었던 구멍에서 이상한 형체가 걸어 나왔다. 보이는 것은 망토에 들어간 듯 검은 어둠뿐이었다. 나머지 형체는 공기로만 이뤄진 것처럼 붉은 연기에 의해 형태가 희미하게 보였다. 이 형체에는 다리가 없이 바닥에는 연기 덩어리만 있었다. 그때 두 번째 형체가 나타났다.

이것은 완전히 빛으로 이뤄져 빛났다. 붉은 안개 사이로 인간 형상의 검은 망토가 보였다. 역시 다리 쪽에는 연기 덩어리만 있었다. 두 붉은 형체는 잠시 둘러보더니 함께 주문을 외우기 시작했다. 원소들이 소리를 지르고 뛰어다니는 통에 알아들을 수는 없었지만, 이 주문으로 모든 원소가 은행 금고문 밖으로 순간 이동되었다. 대원들은 비밀의 방으로 다시 달려갔지만 연기가 자욱한 붉은 벽으로 막혀 있었다.

"좋아, 이 벽은 확실히 마법으로 만들어졌고, 어떤 물질적인 힘이나 원소의 힘으로도 부술 수 없어. 마법으로만 가능해. 뭐 있어? 지금 당장은 아이언을 제외하고는 누구도 마법을 쓸 수 없는 것 같은데. 그리고 아이언은 좋은 선생이 아니고." 설퍼가 말했다.

"뭐? 카본이 스스로 파워를 숙달하는 데만도 며칠이 걸렸어. 이건 완전히 새로운 것이고. 누구도 하루 만에 배울 수는 없어. 몇 시간이라면 더더욱." 아이언이 모욕감을 느끼며 말했다.

"글쎄, 어떤 사람들에게는 마법 훈련의 흔적이 나타나고 있어. 며칠만 주면 장벽을 함께 무너뜨릴 수 있을 거야." 설퍼가 말했다. "그 시점에서 모두가 사라질 수도 있지. 맙소사, 칼슘 백작도 사라졌잖아." 카본이 말했다.

"무슨 상관이야? 그 사람은 화분이었어도 별 차이도 없을 걸. 그는 개막식만 빼고 나타나지도 않았잖아. 이것 때문에 의심스러워. 왜 그가 아는 걸 모두에게 말하지 않고 사라졌을까? 아마도 그 검은 망토들과 한 패일지도 몰라. 퓨즈를 끈 것도 칼슘일 수 있어." 아이언이 말했다.

"그래, 진짜 의심스럽지. 젠장, 이런 곳에서 며칠 지내다 보니 화장실까지도 수상쩍은 것 같아." 실리콘은 마법을 부리려 했지만 노란 증기만 만들고 말았다. 사실 모두가 그 수준이었다. 마법에 대한 모든 것을 설명하려고 애쓰다가 비참하게 실패한 아이언만 빼고.

"원소 파워처럼 집중하고 통제할 필요 없어. 이미 파워를 갖고 있거든! 필요한 건 그 파워를 흐르게 만들어서 최대 용량으로 끄집어내는 거야. 어휴, 빌어먹을. 이거 설명하기 정말 어렵네. 숨 쉬는 걸 설명하는 것 같아." 아이언이 짜증과 비참함 때문에 바닥에 쓰러지면서 말했다.

"글쎄, 일부는 이해하기 시작했어. 카본이 파란 연기를 만들어내 제어하고 있잖아. 잠깐이지만. 많은 원소가 색깔이 있는 연기를 만들어내는 데 성공했어. 몇 시간 만에 대단한 발전이지." 설퍼가 말했다.

"장벽을 부수기엔 충분하지 않아! 그리고 며칠 안에 배울 수 없다면 우리는 모두 죽거나, 사라지거나 하겠지. 심각한 상황이야." 아이언이 결국 울음을 터뜨리더니 바닥에 앉아 훌쩍이기 시작했다. 설퍼는 그를 혼자 두기로 했다.

"근데, 주문이 있다면 그걸 깨는 주문도 있지 않을까? 그런 거 있어? 유령을 쫓을 기기를 어떻게 만들어야 할지 진짜 아무 생각이 없거든." 아이오딘이 말했다.

"미안하지만, 라이트 백작이 그런 주문을 만들었다고 해도 보여주진 않겠지." 실리콘이 말했다.

"하지만 주문을 만들 방법은 없겠어? 어떻게 하는지는 알잖아. 그리고 만약 그걸 해독한다면….”

“미안하지만 우리가 말할 수 있는 건 못한다는 거야. 완전히 새로운 형태의 언어이고 알아내는데 극도로 시간이 오래 걸려. 그때쯤이면 어떤 식으로든, 아니면 다른 식으로든 다 끝나 있을걸.” 실리콘이 말했다.

“그래서 지금 우리가 할 수 있는 일은 훈련뿐이고, 모두가 그것을 통달할 때까지 모두가 사라지지 않기를 바라는 것뿐이야?” 설퍼가 말했다.

“그래, 거의 그래. 이제 연습을 시작해!” 실리콘이 말했다.

그리고, 또 다른 원소가 그날 밤 사라졌다.

▽ 10. 백작들의 계획

이번엔 아이언이었다. 모두가 연회장에 모여들었을 때…쾅 소리가 났다. 비명이 나더니 아이언이 아무도 모르게 사라졌다.

원소들의 첫 마법사가 사라지면서 모두가 충격을 받았지만 가장 충격을 받은 것은 아이언의 가장 친한 친구 아이오딘이었다. 그는 혼자 우울하게 앉아 기계를 만지작거리고 있었다. 덕분에 조금은 진정되는 듯 보였다. 다른 원소는 더 열심히 마법을 연습했고, 더 걱정하고 불안해졌다. 충분히 많은 원소가 자신의 기술을 통달했을 때쯤에는 3명의 원소가 더 사라졌다. 그리고 충분히 자신감을 느끼게 된 다음, 주문을 통달한 원소들이 모두 모였다. 카본과 설퍼, 갈륨 그리고 11명의 원소였다. 이들이 다 함께 주문을 외우자 연기가 자욱한 벽이 원래 없었던 것처럼 증발해버렸지만 이상하게도 아무 일도 일어나지 않았다.

"들어가자. 전투를 준비해야지." 설퍼가 말하며 방으로 들어섰다. 다른 원소들도 조용히 걸어 들어가 비밀의 방에 도착했다.

방에 들어갔을 때 여러 색깔의 증기가 휘몰아치면서 원소들의 시야를 가렸지만, 책장 크기 정도의 어떤 물건과 두 개의 어두운 형체의 희미한 윤곽을 볼 수 있었다. 연기가 증발하면서 어른 머리만 한 유리공이 있는 석조 스탠드가 드러났는데, 하얀 연기가 스탠드를 휘감고 있었다. 그리고 옆에는 검은 망토를 입은 두 형체가 서 있었다. 한 명은 빨갛고 파란 머리를 어깨까지 늘어뜨리고 있었고, 다른 한 명은 눈부시게 하얀 머리-머리카락이 빛을 반사하면서 비스무트처럼 무지갯빛으로 빛나고 있었다-를 말끔하게 자르고, 우아한 회색의 구레나룻과 턱수염을 기르고 있었다. 설퍼가 앞으로 나가 침묵을 깼다.

"만나서 반갑습니다. 라이트 백작과 히트 백작"

"어떻게?" 흰 머리의 유령이 말했다. 그 목소리는 연기에서 나온 존재치고는 놀라울 정도로 분명했다.

"글쎄요, 당연하지 않나요? 당신 둘은 마법 전문가였고 둘 중 하나는 빛으로 만들어졌지요! 버려진 원소들에 대해서도 읽었어요. 모든 증거가 이 한 가지를 말하죠. 그렇게 생각하지 않나요?" 원소들의 무리를 바라보며 설퍼가 말했다. 카본을 포함해 절반이 고개를 끄덕였다.

"네, 그리고 유감스럽게도 여러분은 우리가 무엇을 하고 있는지 모를 것입니다. 왜냐하면…."

카본이 빨강 파랑 머리에 불덩어리를 던져 이것을 막았지만 흰 머리에 의해 다시 막혔고, 그가 던진 불덩어리에 맞아 뒤로 넘어졌다. 빨강 파랑 머리가 채찍을 꺼내 뭔가 이상하게 지글거리는 노란색 물질을 만들어냈다. 그런 다음 모든 것이 혼란에 빠졌다.

사람들은 각자 다양한 마법 능력을 발휘했지만 붉은 연기의 벽에 가로막혔다. 라이트와 히트가 반격하면서 다양한 색깔의 가스가 발사됐다가 막히고, 흔들렸다가 치솟아 올랐다. 모두가 빠르게 움직이며 주문을 외우고 있어서 무슨 일이 일어나고 있는지 파악할 수가 없었다. 그때 빨강 파랑 머리 주위에서 녹색 물결이 폭발했고, 그녀는 녹색 소용돌이 속으로 사라졌다. 백발의 남자도 같은 방법으로 사라졌다.

그리고 몇 초 후, 두 사람은 원소들의 도시가 내려다보이는 금의 땅 언덕에 나타났다.

두 사람이 사라진 다음 마법사 여러 명이 방을 샅샅이 뒤지고 있었다. 그들은 빳빳한 섬유 커버에 초록색 잉크로 쓰인 책을 발견했는데, 한 페이지에 표시가 돼 있었다. 그들이 이해하지 못하는 언어로 적혀 있었지만, 역사학자 하프늄이 해독해 냈다. 주기율표의 파워를 흡수하고, 남의 몸을 자신에게 흡수시키는 기본적인 계획에 대한 것이었다. 그들은 가죽 커버에 초록색 잉크로 쓰인 또 다른 노트도 발견했다.

플랜A
1단계: 우라늄 백작과 라듐 백작에 빙의해 주기율표 확보
2단계: 주기율표의 힘을 라듐 백작에게 전달하는 기계 제작
3단계: 그의 힘을 우리에게 흡수
4단계: 원소들의 도시에 복수하고 자유를 얻음

플랜 B
1단계: 원소들의 도시 300년 기념식 장소로 칼슘 백작의 성이 선정되도록 함
2단계: 란의 그물을 사용하여 성에 원소들을 가둠
3단계: 원소 8명의 몸을 흡수해 칼슘을 포함해 우리의 몸을 만듦
4단계: 원소들의 도시에 복수하고 자유를 얻음

그리고 몸과 영혼을 유리공에 가두는 도식, 몸을 흡수하는 절차, 다양한 주문들이 적혀 있었는데, 이 주문들은 원소들 대부분이 습득한 것들이었다.

"이거…이게 우라늄과 네가 쓰러진 이유였어. 그들이 네 몸을 흡수하고 있었던 거야!" 카본이 설퍼에게 말했다.

"뭐, 뭘 하든 유리공부터 깨보자." 설퍼가 말하고는 유리공을 바닥에 즉시 내리쳤다. 하얀 연기가 피어오르더니 옥시전을 포함한 사라진 원소들의 형상을 갖춰가기 시작했다. 원소들은 서로 만지려고 했지만, 유령은 그들을 그냥 지나쳐갔다. 유령들 사이에는 아이언도 있었다. 마법사들을 따라온 아이오딘의 표정이 0.02초 만에 우울에서 기쁨으로 바뀌었다.

"그래, 난 그 ■■■■■(검열됨)이 싫어." 유령 아이언이 말했다.

"자, 그들이 원소들의 도시로 간다고 메모에 나와 있었으니, 그리로 가자!" 설퍼가 책장을 넘기며 달려 나갔다. 하프늄의 도움을 받아 책을 해독해 순간이동 주문을 발견해 냈다. 몇 초 뒤 마법사들은 모두 원소들의 도시로 돌아와 있었다. 그들이 본 광경은 아름답지 않았다.

처음 본 것은 살아 있는 화염 수백 개가 이리저리 날아다니고, 건물에 부딪히고, 원소들을 쫓아다니면서 혼돈을 만들어내고 있는 모습이었다. 10초에 한 번씩 무작위의 연기가 도시를 강타하면서 물이나 불을 뿜어내고, 충격파를 만들어내 도로를 부수거나 유리를 깼다. 원자의 탑에서 라이트 백작과 히트 백작이 도시를 파괴하는 주문을 외우고 있었다. 마법사들은 즉시 원자의 탑으로 순간 이동했다.

처음 도착한 몇몇 원소는 운이 좋지 못했다. 히트 백작에 의해 탑에서 밀려났고, 힘을 써서 간신히 추락사를 면했다. 그 다음으로 도착한 이들은 충격파를 발생시켜 둘을 몇 초 정도

지연시켰고, 그 다음 원소들은 이들을 매우 혼란하게 만들어 전투가 시작됐다. 몇몇은 타워에서 밀려 나와 순간이동을 해 다시 올라갔지만 계속 밀려났다. 설퍼는 CSI와 함께 아이오딘의 작업실로 갔다. 작업실은 부서져서 금속 껍질만 남긴 채탄 상태로 있었다.

▽ 11 : 마법

“먼저 이 마법서부터 살펴보자. 여기 쓸모 있는 주문이 아주 많아. 내 몸을 되찾아올 방법을 포함해서 말이지.” 유령 아이언이 말했다.

“어떻게?” 카본이 물었다.

“글쎄, 누군가의 몸을 빨아들이는 마법이 있잖아, 그렇지? 그러면 나와 다른 유령들이 우리 몸을 다시 찾아 흡수할 수도 있다는 뜻이지.”

“그래, 먼저 그 주문은 엄청나게 어려워. 그리고 둘째, 백작들이 그냥 거기 서서 새 몸이 흡수되기를 기다릴까?” 설퍼가 말했다.

"그래서 나머지가 주의를 분산시켜야 해. 구속 주문이 있나? 영혼을 가두는 주문은?" 유령 아이언이 물었다.

"그래, 둘 다 있어. 히트 백작이 사용했던 노란 지글거리는 채찍, 거기 구속 기능이 있어. 다른 원소들에 경고할게. 이제 이걸 끝내러 가는 거야." 아이오딘이 말했다.

그들이 원자의 탑 꼭대기에 도착했을 때, 처음 본 것은 비명을 지르며 탑에서 떨어져 나오는 원소였다. 백작들은 창백하고 유령 같은 얼굴에 미소를 띤 채 이 혼돈을 즐기는 것 같았다. 그들은 수백 년 넘게 몸이 없었음에도 쉽게 피하고, 막고, 움직였다. 다른 유령들이 아이오딘의 경고를 받고 탑으로 오고 있었다. 아이오딘은 보이지 않았고, 마법사가 아니어도 괜찮았다. 그들은 원자 전기, 마법, 물리력 등 가진 모든 것을 동원해서 싸웠다(아마 마지막 부분은 아닐지도 모르겠다. 유령은 물리적 형태를 보이지 않으니까). 혼란 속에서 CSI는 원소 8명을 모아 그들의 계획에 관해 설명했다. 백작들의 몸을 다시 흡수한 다음 그들의 영혼을 검은 석영에 금색 테두리로 장식된 설퍼의 골동품 상자에 가둘 계획이었다. 마법에 걸린 이 상자는 깨진 문을 통해 불어오는 바람의 이상하게 삐걱대는 소리를 냈다.

"좋아 모두, 기회는 딱 한 번이야. 그 사람에게 집중해서 에너지를 단단한 구속 물품에 모아야 해. 알겠지?" 설퍼가 말했다. 모험을 다시 해야 한다는 게 끔찍하다는 걸 알고 있었음에도 모두가 고개를 끄덕였을 때 설퍼는 놀라지 않았다. 그들은 작업을 시작했다.

그들은 마법사들을 지나쳐 조용히 백작들을 둘러쌌다. 약속한 시각이 됐을 때 그들은 일제히 주문을 발동했다. 백작들은 보이지 않는 밧줄에 묶여 갑자기 공중으로 솟구쳤다. 그들이 무슨 일이 벌어지고 있는지 알아채기도 전에 설퍼가 주문을 외우기 시작하면서 백작들의 몸은 연기로 녹아내리기 시작해 상자 안으로 들어갔다.

"안 돼! 안 돼! 이렇게까지 해 놓고 다시 갇히진 않을 거…." 라이트 백작이 울부짖었고, 히트 백작도 마찬가지였다. 하지만 그들의 영혼, 하얀 연기가 카본이 들고 있는 설퍼의 또 다른 상자로 녹아들기 시작했다. 곧 그들의 몸과 영혼은 상자 안에 담겼다. 그들의 영혼을 담은 상자가 거칠게 흔들렸지만, 단단히 붙잡혔다.

▽ 12. 끝?

CSI는 검은색 상자가 놓여 있는 석조 스탠드 앞에 섰다. 카본이 상자를 열었고, 주문을 외우자 그 안에 있던 하얀 물질이 유령들에게 빨려 들어갔다. 유령들의 몸이 좀 더 두꺼워지고, 더 잘 보이게 되면서 몇 초 후 원래 몸으로 되돌아왔다.

도시의 다른 쪽에서는 마법사들이 상자를 콸콸 흐르는 액체 금으로 봉인하고 있었다. 액체 금이 굳으면서 상자가 단단히 봉해졌다. 상자의 흔들거림이 멈췄다. 상자는 주기율표와 함께 안전한 곳에 보관되었다. CSI가 다시 한번 도시를 구했다.

CSI는 실리콘의 텐트에서 아이오딘이 만든 해초 맛 요오드

차를 홀짝이고 있었다. 아이오딘의 성분 대부분은 해조류와 관련이 있었다. 해초 맛 치약, 해초 크림, 그리고 해초 색 머리카락. 아이언이 먼저 말했다.

"와, 정말 대단한 날들이었어, 그렇지? 주기율표를 도둑맞았던 때보다 더 대단했어. 그리고 우리가 마법을 배웠잖아. 얼마나 엄청난 일이야?"

"글쎄, 꽤 멋지긴 한데, 대부분 원소, 심지어 마법사들도 자신들의 원소 파워를 더 좋아하잖아." 실리콘이 말했다.

"무슨 상관이야? 지금 우리에게 필요한 것은 휴식이야. 그 모든 조사를 마친 다음 나가떨어졌잖아." 카본이 말했다.

"내가 아는 한, 우리는 전혀 평범하지 않았고, 평범할 수도 없고, 평범하지도 않을 거야. 특히 손만 조금 움직여서 철 단검을 만들 수 있다면 말이지." 설퍼가 말했다.

"그래, 일단 지금은 내 차를 마시고 쉬자. 그러자. 아이언 말이 맞아, 우린 쉬어야 해." 아이오딘이 말했다. 아이언을 제외하면 아무도 아이오딘의 차를 좋아하지 않았고, 심지어 아이오딘도 진짜 좋아하지는 않았다.

그래서 그들은 그대로 했다. 휴식을 취하고, 마법이나 재난과 관련 없는 주제로 대화를 나누었다.

▽ 13. 에필로그

원소들의 도시 100m 아래 금고에 있는 주기율표에서 빛이 나더니 새로운 기호가 추가되었다. 산소의 땅에서 섬광이 일더니 어디선가 많은 형체가 갑자기 생겨났다.

뒤이은 폭발은 핵융합(1500만°C)만큼이나 뜨거웠다.

3부

엘리멘트로이드의 공격

▽ 1. 프롤로그

백작들의 도시 침공이 있은 지 1년 뒤, 원소들의 도시 센트럴 타워 지하 연구실에는 과학자(Scientist) 스트론튬(Strontium)과 생물학자(Biologist) 브로민(Bromine), 의사(Doctor) 디스프로슘(Dysprosium)이 10개의 금속 컨테이너를 바라보면서 서 있었다. 각 컨테이너는 침낭만 한 크기로, 새로 발견된 원소들을 담고 있었다. 새 원소들은 대부분 빛나고 있었고, 스트론튬이 먼저 말을 꺼냈다.

"이것들은 자연 원소가 아닙니다. 창조자들의 실험으로 만들어진 인공원소들이지요. 들어본 적 있으신가요? 아시다시피 퍽 불안정합니다." 스트론튬이 말했다.

"맞습니다. 다들 아시다시피 이것들은 완전히 다른 원소들이지요. 생물학적으로도 우리와 다르고, 신체 구조가 불안정해서 방사성 원소와 비슷하지요." 브로민이 말하고 있는 사이 캡슐 모니터에서 경고음이 울렸다.

"경고, 불안정이 감지되었습니다. 즉시 대피해 주십시오." 컴퓨터가 말했다. 과학자들은 즉시 뛰쳐나갔고, 바닥 전체가 엄청난 열과 압력을 뿜어내며 무너졌다.

▽ 2. 폭발

무기 공학자 설퍼는 갑작스러운 혼돈 속에 잠에서 깼다. 잠에서 완전히 깨지 않았는데도 이웃 원소들의 웅성거림과 발소리를 들을 수 있었다. 설퍼는 침대에서 천천히 일어나 가죽 재킷과 청바지를 입고 아파트를 나섰다.

원소들이 돌아다니고 서로 이야기를 나누면서 무슨 일이 일어나고 있는지 알아보고 다니는 모습이 가장 먼저 보였다. 그리고 거리와 건물에 불탄 자국이 나 있는 것을 보았다. 많지는 않았고, 검은 흠집 몇 개를 통해 불이 났다는 것을 알 수 있었다. 도시 전체를 초토화했던 백작들의 침공 사건이 갑자기 떠올랐다. 그는 몇 분 동안 도시를 돌아다닌 끝에 혼돈의

근원지를 찾아냈다.

센트럴 타워 1층 전체가 무너져 있었다. 유리와 금속으로 빛나던 받침대 대신에 설퍼가 본 것은 모두 녹아내려 비틀어진 모습의 유리, 콘크리트, 금속 받침대였다. 설퍼가 주위를 둘러보자 건물의 다른 쪽에는 거대한 구멍이 뚫려 있었다. 더 손상이 심해서 타워의 바깥쪽으로 녹아내린 부분이 휘어나가 있었다. 타워 자체가 붕괴하지는 않았는데, 설퍼는 이유를 알 수 있었다. 타워 아랫부분을 검은 금속 막대 그물로 받쳐 놓고 있었는데, 그다지 탄탄해 보이지는 않았다. 많은 원소가 타워 주위를 맴돌고 있었고, 공학자 아이언을 비롯한 원소들은 타워로 달려가고 있었다. 설퍼가 손을 흔들면서 그를 불렀지만, 아이언은 알아보지 못하고 장비가 든 상자를 급히 옮기고 있었다.

아이언은 파손 부위를 확인하고 있었는데 상태가 좋아 보이지 않았다. 벽에는 지름 6m 정도의 구멍이 뚫려 있었고, 건물 지하는 녹고 뒤틀려서 무엇인지 알아볼 수 없는 덩어리가 돼 있었다. 하지만 폭발 원인과 특이한 화재 자국 등은 알아볼 수 있었다. 불에 탄 자국이 빛나고 있었다.

하지만 그것은 아이언의 일이 아니었다. 그의 일은 폭발을 조사하는 것이 아니라 방을 복구하는 것이었다. 그는 관련자들에게 묻고 또 물었지만 들은 말은 "모릅니다." "작업이나 하세요."가 전부였다. 사람들은 도시에서 가장 높은 이 빌딩이 플루토늄 원자처럼 붕괴하지 않도록 하는 데 대부분 집중하고 있었다. 하지만 아이언은 더 알고 싶었다. 그는 폭발 전후 해당 구역의 넓이를 비교해봤다. 이제 확실히 좀 이상해져 가고 있었다. 폭발 구역이 완벽히 동그란 모양을 하고 있었다. 정확히 말하면 여러 개의 동그라미가 겹쳐지면서 포도 같은 모양을 만들어내고 있었다. 일반적인 폭발은 이렇지 않았다. 그러나 아이언은 일단 질문은 제쳐두고 코퍼, 알루미늄 등 다른 공학자들과 함께 복원 계획을 짜기 시작했다.

그날 밤 아이언은 세 개의 작은 방사능 탐지기를 하나로 묶었다. 집에서 안전하게 조작할 수 있도록 원격 조정이 가능했다. 지금 그에게 필요한 것은 약간의 운이었다.

아이언은 다음 날 아침 가장 먼저 현장에 도착해 폭발 구역 주변에 탐지기를 배치했다. 스캐너는 수백 개 장비 속에 완벽하게 위장됐다. '여기에 내일도, 그다음 날도 와야 하는데 가지고 다닐 필요 없잖아?' 아이언은 생각했다.

그날 밤 아이언은 컴퓨터를 켜고 방을 스캔했다. 방에서는 대단히 많은 양의 핵에너지가 뿜어져 나왔다. 어떤 종류의 핵분열에 의해 생겨난 것이 분명했다. 하지만 그것 말고는 다른 것이 보이지 않아 아이언은 핵에너지 수치만 기록해놓고 잠이 들었다.

다음날 아이언은 자신의 오래된 친구들인 카본과 설퍼, 아이오딘과 실리콘을 회의에 소집했다. 그들은 새벽 5시에 아이언의 작업실에 모이는 것이 분명히 행복하지 않았지만 모두 나타났다. 아이오딘만 빼고.

"그래서, 이 폭발은 꽤 이상해 보여. 내가 아는 것은 그것이 원자력이고, 도시의 어느 데이터베이스에서도 전혀 찾을 수 없는 종류의 힘이라는 거야." 아이언이 친구들에게 모니터를 보여주며 말했다.

"누가 알아? 센트럴 타워 아래 비밀 은신처는 불확정성의 원리를 따를 거라고 나는 확신해." 실리콘이 말했다.

"응, 그건 사실이야. 그곳에 대해서는 들어본 적이 없어." 카본이 말했다. "너는 알아, 아이언?" 아이언은 잠시 생각하고는 고개를 저었다.

"하지만 우리는 그곳에서 일하는 사람들은 알잖아. 뭘 기다리고 있는 거야? 가서 만나보자고!" 설퍼가 모니터를 가리키며 말했다.

▽ 3. 새 원소

약 3분 뒤, 그들은 모든 종류의 장비가 들어 있는 아이언의 캠핑카를 타고 브로민 박사의 집으로 운전해 가고 있었다. 장비 중에는 '매우 위험'이라는 문구가 쓰여 있는 방사능 경고판도 들어 있었다. 캠핑카의 절반은 TV와 소파, 작은 칵테일바가 차지해 편안했고 멋졌다. 아이오딘이 직접 만든 해초 칵테일을 권했지만, 운전하고 있어서 답을 할 수가 없었던 아이언만 빼고 모두가 단박에 거절했다.

브로민의 집 앞에 들어서자 '노크하시오'라는 안내문이 보였다. 노크하자 초인종 마이크에서 기계 목소리가 났다. "들어오세요. 하지만 오래 머물진 마세요. 목이 가렵거나 따끔거리면 나가세요. 당신의 안전을 위한 조치입니다."

문을 열자 오렌지 가스와 어두운 오렌지색 액체가 든 유리병이 가장 먼저 보였다. 그것은 예뻤지만, 라벨에는 '손대지 마시오'라고 쓰여 있었다. 어두운 오렌지색 머리카락에 지친 기색의 깡마른 여성이 의자에 앉아 CSI에 앉으라고 손짓을 했다. 그들이 이야기를 시작하기도 전에 여성이 무심코 비밀을 말해 버렸다.

"새로운 원소들이 추가됐어요. 아시겠어요? 인공원소요. 엘리멘트로이드, 우리는 이렇게 불러요. 그것들은 극도로 불안정해서 3시간마다 힘을 분출하면서 폭발합니다. 그것이 센트럴 타워의 은신처를 파괴했어요. 만족하나요? 자, 그럼 이제 가세요." 사고 후에 쏟아진 질문 세례에 지쳐 있는 것이 분명했다. CSI는 그녀를 혼자 두기로 했다.

"그래, 새로운 원소라고? 전혀 못 들어봤네." 카본이 말했다.

"창조자들이 흥미로운 결정을 했네. 폭발하는 인공 원소라니, 무슨 생각이었던 거야?" 아이언이 인상 깊은 표정으로 말했다.

"이제 어쩌지? 잔해더미 말고는 모든 정보가 없어졌어." 실리콘이 말했다.

"아이디어가 있어." 아이언이 말했다.

"2년 전에 주기율표 찾을 때 썼던 추적 장비 기억나? 내가 그걸 고쳐서 원소를 추적할 수 있게 만들 수 있어. 그 장비는 원소의 힘을 추적하는 것이니까." 아이언이 말했다.

"아주 좋아, 가자!" 실리콘이 말했다.

대원들은 아이언의 집에 도착하자마자 즉시 원소 추적기를 찾기 위해 아이언의 은신처를 뒤졌다. 아이언이 '보물들'을 모아놓는 서랍 안에서 가장 먼저 찾아냈다. 서랍에는 수은 한 병과 금괴, 고스트 버스터도 있었다.

"먼저 이번 폭발의 방사능 주파수를 기록한 다음 그 정보를 추적기에 내려받아야 해. 이것이 뭔지 정확히 모르기 때문에 이 일련의 정보를 인식 가능한 부분으로 나누고, 각각의 부분을 추적할 수 있도록 다시 추적기를 코딩해야 해…." 아이언은 아이오딘 말고는 아무도 듣지 않는 과학적 소리를 늘어놓았다. 이후 10분 동안 아이언과 아이오딘이 추적기를 고치고 있는 동안 다른 원소들은 선 채로 모여서 이야기를 시작했다.

"그런 종류의 작업을 위한 컴퓨터는 확실히 갖고 있지 않잖아." 아이오딘이 5페이지에 이르는 방사능 주파수 기록지를 자세히 들여다보면서 말했다. 그것은 마치 각각의 위에 10개의 바코드를 쌓아놓은 것처럼 생긴 일련의 연속된 전자기장으로 가득 차 있었다.

"이런 종류의 것을 해독할 수 있는 슈퍼컴퓨터를 갖고 있을 만한 원소 생각나? RSA[12]를 해독할 수 있어야 해." 설퍼가 아이언의 소각로에 인쇄된 연속 정보를 던져 넣으며 말했다. 종이가 증발하면서 소각로에서 자주색 불꽃이 솟아났다.

"센트럴 타워. 거기엔 계산해야 할 수학 문제가 수백 개쯤

---

12 인터넷 뱅킹 등에 사용되는 암호체계로, 체계를 만든 사람들의 이름 앞 글자를 따 명명했다.

되니까.” 카본이 고개를 번쩍 들었다.

“내가 너희를 거기에 데려다줄 수 있어.” 아이언이 일어나 밖으로 달려 나갔다.

“여기엔 그들을 데리고 올 수 없습니다.” 경비병(Guard) 게르마늄(Germanium)이 센트럴 타워 앞 경비구역에서 아이언을 보고 말했다. 유령같이 하얀 얼굴의 그는 두꺼운 은색 머리카락을 왁스를 이용해 뒤로 넘겨 정돈해 놓았다. 거실 정도 되는 크기의 위병소 안에는 실리콘 대신에 게르마늄을 이용해 만든 전자 기기와 검은색 탁자, 소파가 있었고 벽은 십수 개의 모니터로 가득 차 있었다. 게르마늄의 눈은 CCTV 모니터에 계속 고정돼 있었다. “그 망할 엘리멘트로이드들이 컴퓨터의 30%를 싹 날려버리는 바람에 컴퓨터 센터를 아직도 수리 중이라 나머지 컴퓨터를 최대치로 돌려서 쓰고 있어요.”

“저 경계를 넘는 모든 것들을 자동으로 기록해주는 모니터 전부를 만들 때 내가 도왔잖아요!”

“저, 아이언, 그건 아이오딘이었어요. 당신은 원래 프로그램에 연결하는 걸 도운 거지요. 이제 30까지 셀 테니 던져지던지, 끌려 나가던지 둘 중 하나를 고르세요.” 게르마늄이 손가락을 접기 시작했다. 아이언은 둘 다 고르지 않고, 게르마늄이 다섯 번째 손가락을 접을 때 달려 나왔다.

아이언은 그가 떠올릴 수 있는 모든 공학자를 하나하나 생각하면서 도시를 터벅터벅 걷고 있었다. 원소들의 도시는 인구가 100명 조금 넘는 고성능 도시여서, 모두가 모두를 서로 잘 알고 있었다(왜 창조자들이 이곳에 도시라는 이름을 붙였는지 아무도 몰랐다). 세금, 위치추적기술, 정보기술, 모두 슈퍼컴퓨터가 필요했다. 그리고 아마도 아이언이 아는 누군가가 그걸 잘 알고 있었다.

카본은 집에서 막 나가려 하던 참에 아이언의 메시지를 받았다.

난 티타늄을 추천해. 티타늄 광산에서 일하는데 그의 주업(모두가 1개 이상의 직업을 갖는 게 인구 100명 도시에서 나타나는 또 다른 현상이다)이 도시 전체의 GPS를 들여다보는 거라서 그가 유용할 거라고 확신해. 난 할 일이 있어. 다른 사람하고 기차를 타고 가서 만나 봐.

카본이 답장했다.

야, 너 잊어버린 모양인데, 지금 무려 밤 10시야. 시간관념이 있는 거니, 아니면 반감기라도 필요한 거니?

카본, 공학자가 되면 시간이 가는 걸 종종 잊어버리곤 해. 전에 내가 오후에 프로젝트 4개를 해야 했을 때는 말이지…

카본은 읽는 걸 멈추고 휴대전화를 닫았다.

▽ 4. 탈선

며칠 후 카본은 도시를 떠나 빛나는 금광석 자갈밭을 지나 황량한 금속 사막으로 향하는 기찻길을 따라 기차를 타고 있었다. 원소들의 땅은 비슷한 원소들끼리 인접해 무리를 지어 있었다. 모든 비활성 기체의 땅은 도시의 동쪽에 있었고, 모든 금속의 땅은 남쪽에 모여 있었다. 실리콘이 카본의 옆에서 배낭을 멘 채 서 있었다. 실리콘은 티타늄 광산에 들어가더라도 딱딱하고 차가운 티타늄 협곡의 표면으로 쫓아내지 않는다는 공식 합의서를 들고 가고 있었다.

기차는 기관차 1량과 객차 4량으로 구성돼 있었다. 가장 뒤에 있는 칸은 방사성 원소를 위한 전용 칸이었다. 전용 칸은 어두운 회색 금속으로 만들어졌고, 벽이 다른 칸보다 두꺼웠다.

수은을 함유한 진홍색의 붉은 바위와 액체 금속의 강으로 이뤄진, 광활한 수은의 땅에서 가장 큰 강인 험프리 강을 지날 때 경치가 휙 하고 지나갔다. 수온의 높은 독성 탓에 수은의 땅은 봉쇄돼 있었다. 열차 스피커에서 안내 방송이 나왔다. "어떤 상황에서도 창문을 열지 마시고, 외부 환경과 열차 내 대기 분리 상태를 방해하는 어떠한 시도도 하지 마십시오."

"아름다워. 하지만 소름 끼치기도 하고." 카본이 강 표면이 반사되는 모습을 바라보며 풍경의 모든 100만 분의 1초까지도 즐기고 있다는 듯 창문에 시선을 고정한 채 말했다.

"알다시피, 저 밖은 네 신경을 다 태워버릴 수 있는 수은 가스로 가득 차 있는데 그렇게 위험한 것이 저렇게 아름다운 것과도 공존할 수 있다는 게 역설적이야." 실리콘은 티타늄 광산 안내서를 보고 있었다. 광산은 수백 마리의 뱀이 한 지점에서 만나 각자 다시 있던 곳으로 돌아가려는 모양의 복잡한 미로 같았고, 칫솔로 스파게티를 감아올리려고 하는 2살짜리가 만들어놓은 모양과도 닮아 있었다.

그때 카본은 지평선에서 빛이 반짝이는 것을 보았다.

그는 바로 그것을 알아보았다. 약간 어두운 살구색이 더해진 흰색의 빛이 태양 빛에서 가로등 빛으로 가까워지듯 계속 더 밝게 비춰오고 있었다.

그 빛은 이틀 전 도시가 공격받았을 때 그가 봤던 것과 같았다.

엘리멘트로이드였다.

모든 일은 3초 만에 벌어졌다.

카본은 침을 삼킬 수조차 없었다. 그의 뉴런 하나하나가 액체 헬륨에 담긴 것처럼 느껴졌다. 그는 아직도 보고 들을 수 있었지만, 뇌가 그것을 이해하기를 거부했다. 뇌는 오로지 카본의 집 절반을 태우고 날려버린 유성의 기억을 떠올리는 것에만 합의했다.

"아"

카본의 뇌에 허락된 단 하나의 단어였다.

"뭐야?"

"엘리멘트로이드야."

"빌어먹을" 실리콘이 말했다.

"지금 도시에 경고해야 해." 카본이 코를 벌렁대면서 그가 들고 있는 전화기를 더듬더듬 찾았다. 키패드를 누르려던 찰나 열차 전체가 윙윙대며 떨리더니 살짝 흔들렸다.

"무슨 일이야?" 실리콘은 머리를 모든 방향으로 돌렸다. 하지만 객차 안에는 카본과 자신 말고는 아무도 없었다. 밖에 무엇인가가 있다고 해도, 시야에서 사라져버렸다. 열차는 계속 윙윙대고 있었고 소음은 부드러운 윙윙거림에서 날카로운 징징거림으로 바뀌면서 점점 강도를 더해갔다.

"어느 방향에서 오는 거지?" 카본이 일어나 다른 칸으로

이어지는 두 개의 문을 바라보았다. 열차 전체가 마치 커다란 기타 속에 있는 것처럼 떨리고 있었다. 이제 진동은 날카로워졌고 헬륨을 들이마신 소프라노 가수처럼 날카롭고 뚫어지는 듯한 소음을 냈다.

"내가…." 카본이 방사성 원소 전용 칸으로 이어지는 두꺼운 금속 문으로 이동하면서 말했다. 문에는 방사성 표시가 돼 있었다. 하지만 기차 전체가 엄청난 폭발음과 함께 앞쪽으로 휘청하면서 카본의 움직임을 예상치 못하게 방해했다. 금속 문은 바깥쪽으로 함몰되었고 객차가 앞쪽 것과 충돌하면서 귀를 찢는 듯한 파열음을 냈다. 카본이 바닥으로 내동댕이쳐지면서 고통을 느꼈다.

"대단하군, 데모크리토스[13]여, 상황이 계속 안 좋아지잖아요. 우리 고통을 즐기려는 건가요?" 카본이 바닥에 코를 부딪치고도 비명을 지르지 않으려 고군분투하는 동안 실리콘이 소리쳤다. 성가신 뉴런들이 치명상이라고 외치는 것을 애써 무시하려고 하는 모습이 역력했고, 그의 코에서 빨간색 액체가 쏟아져 나왔다.

열차 전체가 삐걱거리더니 옆으로 기울어졌다. 실리콘이 함몰된 문을 보았다가, 창문을 보았다가, 다시 문으로 시선을 옮겼다. "방사성 원소 전용 칸이 뭔가 잘못됐어."

한편 기관차에서는 기관사(Train Operator) 탄탈럼(Tantalum)이 좋은 하루를 보내고 있지 못했다. 티타늄 광산

---

13 소설에서 도시의 원조 창조자로 등장한다. 여기서는 신을 부르는 감탄사격으로 쓰였다.

에서 텔루륨과 교대하기로 돼 있었지만, 지금은 광산에 갈 수나 있을지조차 의심스러웠다. 방사성 원소 전용 칸에서의 폭발로 열차가 탈선하면서 나머지 열차를 끌고 가고 있었는데, 탈선한 차량이 철로를 긁으면서 전체 열차 속도가 떨어지는 방식으로 마찰의 법칙을 시현하고 있었다.

"거기 계신가요? 어, 우리 여기에 큰일이 났어요. 그래서 말인데, 어, 도와줄 수 있나요? 지금 열차를 세우겠습니다." 스피커에서 목소리가 흘러나왔고 실리콘은 목소리를 듣자마자 공포에 넋이 나가 이리저리 둘러보며 몸을 떨었다. 지하철처럼 벽을 따라 설치된 좌석 옆으로 큰 붉은 색 버튼이 있었고, 노란색 색인으로 '비상 연락'이라고 붙어 있었다. 버튼 아래에는 작은 마이크가 있었다. 실리콘이 마이크를 눌렀다.

"네! 네, 어, 누구신가요?" 흥분해서 꽥꽥대는 목소리가 객차 스피커에서 흘러나왔다.

"실리콘과 카본이에요." 실리콘은 카본을 쳐다보았다. 카본은 이제 창밖을 유심히 바라보며 제한된 시야에서도 상황을 이해하려 애쓰고 있었다. 카본은 수은 지역에 있어서 창문을 열 수 없다며 조용히 욕을 했다. 하지만 열차가 철로에서 떨어져 나와 유독한 수은의 땅으로 떨어질지 모르는 위협적인 상황에서 열차에서 나오는 불꽃을 바라보고 있었다.

"저 망할 방사성 차량이 우리를 끌고 가고 있어요!" 카본이 스피커에 대고 소리쳤다. 탄탈럼이 답했다. "아, 맞아요. 그래서 이 상황을 해결하기 위해서 이 차를 세우려는 겁니다. 다가오는 죽음, 아니 불편함을 막기 위해서 구조대를 부를 겁니다!" 탄탈럼은 이제 떨기 시작했다. 그가 브레이크 손잡이를 당기면서 열차의 속도가 빠르게 떨어졌다. 철로와 열차 바퀴가 부싯돌과 금속처럼 서로 마찰했다. 카본과 실리콘은 덜컹거림을 느끼면서 고양이가 칠판을 긁는 것 같은 소음을 들었다.

"…그리고 방사성 원소 전용 차량도 뭔가 잘못됐고요!" 카본이 연락 버튼 쪽으로 몸을 돌렸다.

"그래요. 나도 알겠어요. 방사능 중독을 막고 싶으면 납 방호복이 필요합니다." 실리콘이 말했다. 탄탈럼은 실리콘이 방사능에 대해 뭐라고 한 것을 듣고는 주위를 둘러보았다. 그리고는 일어나 열쇠를 집어 든 다음 문을 열어 기관차 밖으로 나왔다. 그런 다음 상자를 쥐고 열차 뒤쪽으로 달리기 시작했다.

"우리 힘이 열차에 통할까?" 카본이 코피를 닦아내며 말했다.

"모르지. 주문 기억하는 거 있어?" 실리콘은 라이트 백작과 히트 백작이 창조해 낸 주문을 언급했다. 도시에 치명적인 적인 이들은 지금은 도시의 센트럴 타워 아래 상자에 봉인돼 있었다.

"어, 불덩어리, 충격파, 마법 채찍, 그리고…."

"효과를 말하는 게 아니라. 그걸 사용할 주문 말이야!"

"어…페스키…드루와…엄…스카" 카본이 주문을 떠올리

려 애썼지만 도시 전체가 유령들의 주문으로 겁에 질린 이후로는 지난해 내내 주문을 사용할 필요를 못 느꼈다. 주문을 사용하는 것 자체가 금기였다. 도시는 백작들의 존재와(이들이 유령이어서 실제로는 존재 같은 건 없음에도 불구하고) 그들의 창조물을 혐오했다.

"알았어. 자, 좋은 쪽으로 생각해서, 불덩어리는 이런 일에 필요하지 않아. 그렇지?" 다른 주문이 이 일에는 잘 맞았을 거라고 생각하려고 하지는 않았다.

"하지만 억제 주문은…." 카본이 얼굴을 찌푸렸다. 하지만 그의 찌푸림은 열차가 완전히 멈춰서면서 열차의 낮은 신음에 묻혔다. 방사성 열차가 조금 더 삐걱거렸다.

그때 다른 문이 열리고 탄탈럼이 비틀거리며 들어왔다. 그의 바란 청회색 머리칼은 잘 빗어 내려져 있었지만, 진회색 눈이 안경 뒤에서 흔들리고 있었다. 그는 '유해 환경 방호복'이라고 쓰인 갈색 상자를 들고 있었다.

"거기 누군가 있어요. 어, 그 또는 그녀가 현재 의식이 없고, 아마도…수은에 노출됐을 수도 있어요. 내가 객차를 떼어 버리기 전에 구조가 필요합니다." 탄탈럼이 상자를 열고 방호복을 꺼내며 말했다. 그러고 나서 무전기를 꺼내 실리콘에 주었다.

"당신이, 어, 객차를 잡고 있어요. 사망자가 두 명 나오지 않도록, 아니 원소들이 위험에 빠지지 않도록요." 탄탈럼이 방호복을 입기 위해 느릿느릿 걷기 시작하면서 카본에 말했다.

"나도 도울 수 있어요." 실리콘이 BAL[14] 해독제와 방사성 물질 방호복을 쳐다보며 말했다. "내가 구조를 처리할게요."

"그래요. 준비하시고, 위치로, 갑시다!" 탄탈럼이 말을 하며 문으로 달려갔다.

'넌 할 수 있어, 넌 할 수 있어, 넌 할 수 있어.'

탄탈럼은 기차 밖으로 걸어가면서 계속 반복적으로 스스로 되뇌었다. 방호복 허리에 있는 작은 판이 파란색으로 반짝였다. 배기 시스템이 제대로 작동하고 있다는 표시였다. 탄탈럼은 무전기를 향해 손을 뻗었는데, 방호복 안 벨트에 꽂아놓았다는 걸 깨달았다. 탄탈럼은 두꺼운 벽 뒤로 목소리가 닿을 수 있도록 소리를 질러댔다.

"이봐요! 지금 내가 무전기를 쓸 수가 없어요! 실리콘! 듣고 있어요?" 그리고는 실리콘의 목소리를 더 잘 듣기 위해 머리를 열차 안에 집어넣었다.

"네! 들려요. 지금 방호복 입고 있어요. 최대한 빨리 나갈까요?"

탄탈럼이 올려다보자 열차 창문으로 오렌지색 방호복의 꼭대기가 보였다.

"아니요. 최대한 방사선 노출을 최소한으로 해야 해요. 우리가 안전하다고 하면 가세요."

탄소 물질이 어떤 탄탈럼보다 강한데 탄탈럼이 뭘 하려는 걸지 실리콘은 조용히 고민했지만, 소리 내어 말하지는 않기

---

14 화학무기의 해독제로 개발됐으며, 중금속 중독 해독제로 널리 쓰인다.

로 했다.

"카본? 준비됐어요?" 탄탈럼이 돌아보고는 카본이 바로 뒤에 있는 것을 보았다.

"아마도요. 내 힘이 방호복 밖으로도 발휘될지 모르겠어요." 카본의 목소리가 산소마스크와 플라스틱 헬멧 창 탓에 작게 들렸다. 하지만 무전기는 필요하지 않았다.

방사성 원소 전용 차량은 철로 밖으로 기울어져 있었다. 차량 바닥 한쪽은 땅에서 떨어져 있었고, 다른 한쪽은 긁히고 구부러져서 살짝 부서져 있었다. 밑에는 축구장 크기의 부드럽고 고요한 죽음의 액체 금속 들판이 있었다. 기차는 강의 모서리에 끼어 있었다.

"거기에 정확히 누가 있어요?" 카본이 손바닥을 들어 차를 가리키고는 힘을 쓸 준비를 하면서 말했다.

"몰라요. 방호복을 뚫고 힘을 쓸 수 있는지 시험해 봐요. 그리고 만약 힘이 방호복을 통과해 나간다면, 안으로 뛰어 들어가세요." 탄탈럼은 열차를 단단히 붙들 제일 나은 방법을 찾기 위해 몸을 구부려 열차 바닥을 자세히 들여다봤다.

카본은 숨을 고르고 힘을 발사했다. 즉시 그의 손이 따뜻하고 따끔거렸다. 그는 방호복 장갑이 플라스틱으로 가득 찬 것을 깨달았다.

"안 돼요. 내 생각엔. 손이 이제 플라스틱 장갑을 꼈네요." 카본이 플라스틱을 부러뜨리기 위해 손가락을 비비면서 말했다.

"힘의 강도를 조금 올리면 카본 입자가, 에, 장갑 밖으로 나와 구멍을 막을 겁니다. 그렇게 장갑을 봉하고, 카본 입자의 압력이 뿜어져 나오면서 수은 가스를 막아주겠죠." 탄탈럼은 이제 옆구리를 찌르면서 무전기의 통화 버튼을 누르려고 하고 있었다.

"안에서 실험해 볼게요. 탄소 섬유나 플라스틱 기둥을 만들 수도 있고, 뭔가 안에 있는 걸 가지고 나오면 돼요." 탄탈럼이 뭔가 말하려고 했지만, 카본은 문으로 헐레벌떡 달려가 기차 안으로 들어갔다.

카본이 열차 손잡이를 돌리고 방으로 들어갔다. 열차가 적대적인 환경에 있을 때 나가는 용도로 만들어진 방이었다. 카본은 두꺼운 철제문을 밀어 닫고 나서 공기 스프레이 총으로 고압 공기를 쏴서 방호복을 씻기 시작했다. 씻는 동안 카본이 '통기' 버튼을 누르자 천장의 불빛이 1분 만에 빨강에서 초록으로 바뀌었다. 방이 밀폐되어 독성이 없다는 것을 보여주는 신호였다. 카본은 재빨리 방호복을 벗고 내부 출입문을 열어 차 안으로 들어갔다. 카본은 방호복을 입은 채 문제가 생긴 열차로 가는 문을 움켜쥐고 있는 실리콘과 맞닥뜨렸다.

"왜 이 안에 있어? 밖에 있어야 하는 거 아니었어?" 실리콘이 문을 잡아당겨서 열다가 말고 말했다.

"문제를 해결하고 있어. 너는 왜 입고 있어?" 카본은 탄소 섬유 케이블을 만들 준비를 했다. 수많은 시도 끝에 복잡한 분자 형상을 만들어내는 데 성공했다. 그는 천천히, 천천히 그의 손을 통해 힘을 내보냈다. 검은 물질이 그의 손 사이에서 점차 팽창해 검은 섬유를 만들어냈다. 카본은 시야가 암흑으로 희미해지기 시작할 때까지 에너지를 흘려보내는 것을 계속했다. 이제 폭 5㎝에 길이가 1m인 가느다란 끈 모양의 검은 물질을 들고 있었다. 그때 끔찍하게 삐걱거리는 소음이 울렸고, 열차 전체가 들려 올라갔다. 실리콘은 비틀거리며 떨어지지 않기 위해 문손잡이를 꽉 잡았다.

"너희들이 시간 안에 성공할지 확신할 수가 없어서. 나쁜 의도는 없어. 가만, 나쁘게 들리네." 실리콘이 손을 흔들어 악의가 없다고 표시하고 있었다.

"나는 간다." 카본이 나섰다.

▽ 5. 아이언의 기계

마그네슘 시장은 센트럴 타워의 사무실에서 서성거리고 있었다. 그의 밝은 하얀 머리와 눈이 빛나고 있었다. 과학자 스트론튬은 방의 반대쪽으로, 시장의 방보다는 작지만 클 필요도 없는 방에 있었다. 대부분이 일이 시내 중심과 타워 주변으로 산재해 있었다. 마그네슘이 흰색 카펫을 가로질러 걸어왔고, 스트론튬이 입을 뗐다.

"우리가 가진 선택지를 고려해보고 있어요. 위험수위로 파워 추출을 올릴 수도 있는데, 그걸 시험할 수 있는 엘리멘트로이드가 여전히 필요하지만 없지요. 다시 그 자리로 가서 물어봐야 할 숙제를 남기는군요. 어떻게 그들을 찾을 것인지,

아니면 그들에게 테스트를 해봐야 할지도 모르겠다는 거죠."

"우리한테 추적기가 있지 않았나요? 알다시피 방사선이요? 이 창조물들이, 그, 원자력 아니었나요?" 마그네슘이 사무실의 터키색 벽을 쳐다보면서 손가락을 빙빙 돌렸다. "아니면 우리가 이 새로운 엘리멘트로이드들과 우리가 찾을 수 있는 가장 가까운 것을 가져다줄 수도 있지요. 알다시피, 이를테면 플루토늄? 아니면 아인슈타이늄?"

"거기에 대해서는 디스프로슘 박사가 새로운 보고서를 가져왔습니다." 스트론튬의 황금색 눈이 불안하게 흔들리더니 시장에게 종이 더미를 건넸다.

마그네슘이 페이지를 넘기자 머리카락과 수염이 밝게 빛나더니 불꽃을 만들어내기 시작했다. "비슷한 성질의 원소 파워는 마치 소리가 공명하듯이 서로 영향을 받는다."

"여기저기에 힘을 흘리고 다니는 엘리멘트로이드들이 영향을 줄 거라는 의미지요…그들에게요. 그들과 비슷한 원소들에도요." 스트론튬의 진홍색 머리카락 아래 눈이 흔들렸다. "안 그래도 우리가 여력이 없는 상황인데 진짜 문제는 우리 내부에서 벌어질 거라고 말하고 있는 겁니다."

"그래서…결론은요?" 마그네슘이 파일을 다 읽었고, 그의 목소리는 자연스럽지 않게 차분했다. 그가 공황 상태에 이르지 않도록 애써 노력하고 있다는 의미였다.

"캡슐을 10개 이상 더 모아야 할 것 같습니다." 스트론튬이 말했다.

* * *

"정리할 더 좋은 방법이 필요해." 아이언이 스크랩으로 가득 찬 열한 번째 종이 상자 때문에 괴로워하면서 말했다. 아이언의 오른손은 먼지로 코팅된 것 같은 감촉을 주는 어떤 금속을 만지고 있었다. 녹이 슨 것 같았는데, 아주 많았다. 다른 손은 원소 파워 추적기에 대한 대략의 스케치가 있는 노란 스티커 메모를 들고 있었다. 카본과 실리콘은 추적기를 완성시키기 위한 데이터를 계산하기 위해 떠났으니 아이언은 장치를 준비해야 했다. 아이언은 시계를 찾았지만, 시계가 그를 더 초조하게 만든다는 것을 깨달았다. 초조함은 작업에 방해가 된다는 걸 의미했다.

"난 저주에 걸린 거야." 아이언은 마지막 종이 상자를 벽장으로 나르면서 신음을 냈다. 그는 물건을 똑같은 크기의 상자에 넣는 것으로 충분하다고 생각했지만 2시간 동안 찾고 나니 더 작은 상자가 낫겠다는 결론을 내렸다. 그는 원하는 것을 아무것도 찾지 못했고, 찾아낸 것이라고는 그 결론뿐이었다. 그리고 시간이…그는 시간의 흐름을 잊어버렸다.

그는 스티커 메모를 봤다. 2개의 스케치가 그려져 있었다. 하나는 주사기 두 개가 있는 겁나게 생긴 기계였는데, 호스 하나가 두 주사기를 연결하고 있고, 가운데에는 복잡한 기계가 있었다. 다른 하나는 복잡한 톱니바퀴와 구멍을 내는 기구 사이에 매달려 있는 얇은 물건으로, 2년 전 잃어버린 주기율표를 찾아다닐 때 썼던 추적기였다. 그때 짜증을 유발하도록 특별히 설계된 삐 소리와 함께 전화기가 울렸다. 아이언은 그가 직접 만든 수제 전화기를 받았다. 스트론튬이었다.

"여보세요? 네, 접니다. 필요한 게 있으시다고…뭐라고요? 지금 2시간 동안 찾고 있었어요. 아, 기다려보세요. 뭘 가져갈 필요 없다고요? 잘됐네요. 금방 갈게요!"

"그래, 될 줄 알았다니까." 아이언이 말했다.

10분 뒤 아이언은 절반쯤 고쳐진 센트럴 타워 앞에서 스트론튬과 얼굴을 맞대고 서 있었다. 스트론튬은 두 개의 잠금장치가 달린 검은색 여행 가방을 든 채로 기다리고 있었다.

"그게 뭔가요? 플루토늄?" 아이언이 가방을 가리키며 말했다. 스트론튬은 그냥 어깨를 으쓱했다.

"좀 더 비공개적인 장소로 이동해서 시작하는 게 어때요?" 스트론튬이 센트럴 타워를 가리켰다. 정확하게 말하면 센트럴 타워 지하였다. 그리고는 가방 위에 두 손을 모았다.

"그 폭발에 대한 것이라고, 내가 모두에게 소리 질러 알릴까요?" 아이언은 입 주위로 손을 둥글게 모았다가 스트론튬에 찰싹 맞았다. "이봐요, 왜 그렇게 심각해요?"

"그리고 또, 내 작업실이 사적인 공간이라고 생각한다면, 어림도 없어요. 빛나는 괴물들이 내 집에 햇빛 가리개를 만들어냈다고요." 아이언이 말했다.

"그냥, 타워 안에서 이야기합시다." 스트론튬은 몸을 돌려 센트럴 타워 입구로 걸어 들어갔다. 정확하게 말하면 입구가 있던 곳이다. 아이언이 뒤따랐다. 그들은 계단을 걸어 내려가 엘리멘트로이드들이 생겨난 지하 실험실에 도착했다. 사실 그렇게 지하도 아니었던 것이 타워의 로비와 실험실 사이에 큰 구멍이 나 있었다. 실험실은 깜빡거리는 장비로 가득했는데 아무도 보고 있지 않았다. 이미 현장 연구는 상당 부분 이뤄졌기 때문에 아마 다른 곳에서 지켜보고 있는지도 몰랐다. 스트론튬이 가방을 열었다. 아주 작은 싸개와 모터, 주먹 정도 크기의 작은 환기 시스템으로 구성된 기기가 그 안에 있었다.

"이 기계, 내 작품이어야 할 것 같은데요?" 아이언이 물었다.

"당신이 조립을 도왔던 아이오딘과 브로민의 작업을 개량했어요." 스트론튬이 말했다. "이제 당신의 도움이 필요해요. 여기…."

"자, 정확히 말하면 그 둘은 계획만 세웠고요. 날 믿어요. 원래 설계도와 완성품에선? 그들은 몇 광년은 떨어져 있어요. 그들을 대신해서 나에게 온 이유가 그것이겠죠?" 아이언의 거들먹거리는 말투는 스트론튬이 정보를 얻기 위해 아이언의 뇌를 제거해버리고 싶다는 강력한 충동을 억누르는 데 도움이 되지 않았다.

"왜냐면 우리가 그걸 재설계하고 있는 게 아니에요. 우리는 성능을 높이려고 하는 거예요. 그 엘리멘트로이드들을 막을 방법을 찾아야 하니까요."

* * *

“실리콘이 들어갈 거예요. 개인적으로 실리콘이 거기 들어가면 그든 그녀든 1분 안에 데리고 나올 거예요. 차량이 너무 많이 기울어지지 않는다면요.” 방사성 객차와 일반 객차 사이 연결기 앞에 서 있는 탄탈럼에 카본이 말했다.

“실리콘이 그 원소를 데리고 나오면 객차를 떼어버려야 해요.” 탄탈럼이 연결기를 가리키며 말했다.

“네, 그게 더 안전할 것 같네요. 이것보다는….” 객차의 하부 바퀴 부분이 들려 올라가며 구부러지면서 그르렁거리는 소리에 카본의 말이 잘렸다. “그 방사성 객차는 다른 것들보다 무거워요. 이게 될 거라고 확신하나요?” 카본이 탄소 섬유의 가느다란 조각을 들어 올렸다.

“어, 그걸 열차하고 어떻게 연결하려고요?” 객차가 굴러떨어지기까지 45도 정도 남은 비스듬한 상황에서 탄탈럼이 말했다.

“맙소사, 내가 아이언이 아니라는 걸 잊었네요.” 카본은 가슴이 무너지는 걸 느낄 수 있었다. 내야 할 숙제가 있는데 잊어버린 것을 깨달은 순간 갖게 되는 끔찍한 무너지는 느낌이었다. “객차나 선로를 묶을 방법이라도 있나요?”

“뭐, 당신의 친구 아이언은 아주 멀리 있고 하니, 그렇다면…기다려봐요.” 탄탈럼이 방호복을 입은 채 씩 웃었지만, 헬멧의 얼굴 부분이 반사돼 카본에는 보이지 않았다. “이 선로는 순수한 철이 아니에요.” 방사성 객차가 연결된 객차들을 더 잡아 올리면서 객차가 두 대 더 기울어지기 시작했다.

"순수한 철은 너무 잘 휘어지거든요. 하지만 카본하고 섞으면 탄소강이 되지요. 이 합금은 사방에서 쓰이는데, 아마도 이 열차에도 쓰였을 겁니다."

"내가 제어할 수 있다고요?" 카본은 이제 너무 흥분해서 웃는 것조차 잊어버렸다.

"아마도요, 해 봐요!" 탄탈럼은 그의 손으로 쏘는 동작을 해 보였다.

"알았어요." 카본은 주위 환경에 집중했다. 그는 들고 있는 탄소 섬유에서, 그의 몸에서, 그리고 주변에서 힘을 느낄 수 있었다. 이전에는 그가 주의를 기울이지 않았던 희미한 울림이었지만(왜냐하면 주변의 너무 많은 것들이 카본을 함유하고 있어서다. 특히 플라스틱) 그는 철로와 열차에서 그것을 느꼈다. 철로가 위로 휘어지기 시작했고, 열차의 바퀴와 막대가 돌기 시작했다. 열차가 기울어지는 것을 멈췄다.

"열차를 잡아 올려 바로 세울 수 있어요! 해보세요!" 탄탈럼의 목소리가 흥분해서 높아졌다. 카본은 에너지가 떨어져 가는 것을 느꼈지만 자신을 더 밀어붙여서 주변에 있는 카본 입자의 울림에 집중했다. 모든 감각과 생각을 하나에 집중시켰다. '기차를 잡아당겨라' 자유 낙하를 할 때 느껴지는 것처럼 명치 부분이 당겼다. 3t의 열차를 잡아당기는데 너무 많이 자신을 밀어붙이고 있었기 때문이었다. 하지만 카본은 개의치 않고 모든 생각을 잡아당기는데 모았다. 천천히 열차가 위로 움직였다. 열차가 선로에 안착했을 때 카본은 웃고 있었지만 마치 24시간 동안 굶은 다음 샌드백으로 사용된 것 같다고 느꼈다. 그는 살짝 웃어 보였고, 그때 눈에서 피가 한 줄로 흘러내렸다. 그리고는 무릎이 꺾였고, 쓰러졌다.

탄탈럼은 반쯤 정신을 잃은 카본을 열차 안으로 직접 데려가서, 그와 카본을 공기 스프레이로 닦아낸 다음, 객차 안으로 데려갔다. 객실 안에서는 실리콘이 바닥에 방호복을 입은 채 누워 있는 누군가와 함께 기다리고 있었다.

"누구예요? 그 원소로부터 방사선을 막기 위해서 방호복을 입힌 건가요?" 탄탈럼이 눈은 반쯤 떠 있고, 살아있긴 하지만 움직이지 않는 카본을 바닥에 눕혔다. 탄탈럼은 카본이 깨어 있긴 하지만 너무 피곤해서 말하거나 움직이지 않는다고 결론 내렸다.

"네, 제 방호복을 벗어서 입혔어요. 하지만 정신을 잃은 방사성 원소에 10초 정도 노출되는 건 괜찮다고 생각했어요. 그녀의 이름은 플루토늄이에요. 지금 막 방사성 객차에서 데리고 나왔어요." 실리콘이 말했다.

"열차가 탈선하게 만든 게 그녀겠군요. 놀랍지는 않아요. 이 도시에서 가장 강력한 원소 중에 하나니까요."

"아마도요, 어, 다른 객차로 옮기는 게 우리에겐 우선이겠어요. 내가, 어, 그 고장 난 차량을 떼어 낼게요." 탄탈럼의 목소리가 더는 단호하게 들리지 않는 것으로 봐서 아드레날린이 바닥나고 있는 듯 보였다.

"이봐! 일어나! 구조대가 오면 너는 진짜 한심해 보일 거야!" 실리콘의 진짜 의도는 다음 칸으로 두 원소를 끌고 가고 싶지 않다는 데 있었다.

"그러면 내가 너희 두 명이 수은으로 떨어지는 걸 살려냈다고 말해." 카본이 매우 명확한 목소리로 이야기하는 것으로 봐서 완벽하게 걸을 수 있어 보였다.

"악마 같으니라고."

* * *

도시에서는 아이언이 시립병원에서 전화로 우라늄 백작의 이야기를 들으면서 수백만 달러짜리 장비를 어설프게 고치고 있었다. 시장은 그를 바라보고 있었다. 간단히 말하자면 아이언은 그의 입자가 반물질로 변해 반경 10km 안에 있는 모든 걸 파괴해버렸으면 좋겠다고 생각했다.

"화학적 정화 구조를 봐야 해요. 중앙처리장치에 연결된 두 개의 볼트를 풀면 유액을 담고 있는 조그만 캡슐이 보일 거예요. 그걸 제거한 다음에…." 우라늄은 그의 성에서 전체 구조를 해체하는 방법에 관해 설명하고 있었다. 그는 도시에 사건이 벌어진 다음 약한 신경쇠약에 걸려 성을 떠나려 하지 않았다. 그와 라듐 백작이 거의 석 달이나 유령들에 빙의된 사건 때문이었다.

"만약 엘리멘트로이드의 힘을 뽑아내길 원한다면 아마 그 구조를 재구성하는 것도 생각해 봐야 할 겁니다." 우라늄이 그가 유령 백작에 빙의됐을 때 만든 구조는 유령 백작을 위해 주기율표의 힘을 흡수해 그 에너지를 이전하는 데 사용됐다고 말했다.

"어떻게 만들었는지 기억해요?" 아이언은 그가 도구를 갖고 작업할 때 사용하는 테이블에서 전화에 대고 말했다.

"비슷해요. 60% 정도? 그리고 우리가 어떻게 라듐에서 힘을 뽑아냈는지는 80% 정도 기억하지요." 우라늄은 그의 기본적인 지식뿐 아니라 유령 백작을 위해 엄청난 기계를 만들었던 경험 덕분에 이번 작업에 투입됐다. 멋들어진 녹회색 머리카락과 턱수염과 모든 것을 가진 그는 아이언의 본보기인 중년의 기술자였다. 유령들이 첫 목표로 삼을 만도 했다. 마그네슘은 고개를 끄덕였다. '계속 말해요. 우리는 이 남자에게 최대한 많은 정보가 필요합니다.'라는 의미인 듯했다.

"주기율표의 에너지를 이전하는 당신의 지식이 이 괴짜들에게도 먹힐 것 같나요?" 철사를 태우지 않고 힘의 흐름을 늘릴 수 있도록 전극을 재배치하면서 아이언이 말했다.

"글쎄요, 기술적으로 내 발명품은 많은 양의 에너지를 이전하는 데 집중돼 있지요. 주기율표에서 기계로요. 원소에도 똑같이 했다간 아마 그 원소를 단백질 덩어리로 줄여줄 겁니다. 유령의 마법이 일종의 도움을 줬지만 그건 기억하지도 않고, 그러고 싶지도 않아요." 우라늄이 말했다. 아이언이 마그네슘을 바라보며 눈썹을 올리자 마그네슘이 고개를 끄덕였다.

"그렇다면 선생님, 우리 무기를 완성하려면 당신의 기술과 브로민의 장치를 결합해야 해요. 바라기로는 당신이 이리로 와서 브로민, 그리고 저와 3인 1조를 만들면 가장 좋겠는데요." 아이언이 마그네슘에게 글씨를 써서 보여줬다. '브로민이 오고 있는 거 맞죠? 지난번에 봤을 땐 그녀의 상태가 좋지 않았어요.' 마그네슘이 입술을 움직여 말했다. '아마도요.'

"글쎄요, 저는 주기율표 반경 20㎞ 안으로는 접근하지 않기로 페르미[15]에게 맹세했어요. 하지만 내 생각에…." 그때 지글거리는 소리가 통화를 방해했다. 이후 긁는 소리, 앓는 소리로 바뀌더니 조용해졌다.

"뭐였어요?" 마그네슘의 머리카락이 빛나기 시작했다. 시장의 신경이 날카로워질 때마다 그랬다. 한번은 무선 통신이 끊기자 책상 전체를 태워버린 적도 있었다.

"아시다시피 통신을 끊어 놓고 폭발을 일으킬 정도로 강력한 것, 지금으로서는 우라늄이 미리 경고도 받지 못할 정도인 무엇이라면?" 아이언은 그가 말하고 있는 것이 무엇인지 기억해내자 표정이 굳어지면서 말했다. "오, 신이시여."

---

15 원자의 핵분열에서 엄청난 에너지가 나온다는 걸 최초로 실험적으로 확인한 물리학자

▽ 6. 티타늄 캡슐

"여러분 모두 충격을 받았을 거라 믿어요. 들어오세요. 누구 수은에 접촉한 분 있나요?" 티타늄이 카본과 실리콘이 헬리콥터에서 내리자 손을 흔들었다. 그는 아이언과 비슷하게 생겼지만 조금 더 키가 컸고, 좀 더 말라 보였으며, 머리카락이 좀 더 짙은 색으로, 아이언과 다르게 단정하게 빗어져 있었다. 걷기 운동에 적합하도록 단순한 옷을 입고 있었지만, 그가 잘생겼다는 사실을 숨길 수는 없었다.

"아뇨. GPS를 준비해 놓으셨을 것 같은데요?" 실리콘이 물었다.

"네, 좀 더 좋은 장비를 구하려면 도시에 다녀왔으면 좋았겠지만 대충 살펴볼 수밖에 없었네요."

티타늄은 협곡에 있는 발굴지를 가리키며 말했다. 은색 금속의 색깔 있는 부분이 바위 사이로 보였다. "지금까지 본 두 번째로 큰 순수 금속일 겁니다."

"이걸 GPS에 연결하려고 가져왔는데요. 더 필요한 게 있어요. 슈퍼컴퓨터요. 여기 하나 있나요?" 카본이 스마트폰처럼 생겼지만, 스크린에는 녹색 화살표만 표시된 장비-원소 파워 추적기를 보면서 말했다.

"네, 원래는 어디에서 암석을 어떻게 채굴할지 계산하는 데 쓰이지만 암호 해독에서 일부 사용할 수 있을 거예요. 도시의 주요 컴퓨터 센터가 엘리멘트로이드에 의해 산산조각이 났다죠." 티타늄이 답했다.

"산산조각이 난 건 아니고요, 손상된 거예요. 어쨌든, 작업을 해봅시다. 아이오딘이 프로그램을 설치하도록 접속할게요." 실리콘이 말했다. 몇 분 뒤 커다란 검은 냉장고처럼 생긴 컴퓨터가 윙윙 소리를 내면서 엘리멘트로이드의 에너지 그래프를 살펴보기 시작했다. 그리고 도시의 모든 에너지원으로부터 모든 에너지 그래프를 보고, 똑같은 것이 있는지, 그리고 추적 가능한 신호로 분리할 수 있는지 들여다보기 시작했다. 컴퓨터는 천천히 달아오르고 있었다.

"아마도 여러분은 가서 차 한 잔이나 뭔가를 드시는 건 어떨까요. 컴퓨터가 4% 정도 처리했네요. 9분 정도 지났고, 총 9×25, 그러니까 225분 정도 걸릴 테니 216분 남았어요. 3시간 반 정도네요. 저는 공사 구역에 있을게요." 티타늄이 말한 뒤 걸어 나갔다.

"계산 빠르네." 카본이 말했다.

"인정한다." 실리콘이 말했다.

카본과 실리콘은 뭘 할지 고민하면서 광산 옆의 조그만 건물을 들여다보았다. 작은 식당, 사무실, 기계실, 세탁실을 지나 걸어갔다. 한 원소가 작은 서류 더미를 들여다보고 있는 공간에 다다랐다. 흰색 머리카락이 목까지 내려와 있는 중년의 여성이 고개를 들고 녹색 눈으로 카본과 실리콘을 바라보았다.

"안녕하세요." 실리콘이 말했다. 여성이 눈을 깜빡이고는 말했다.

"실리콘이겠군요. 당신은 카본이고요. 저는 크립톤입니다. 만나서 반가워요."

"크립톤이라고요?" 카본이 슈퍼맨이라도 언급해야 하는 건 아닌지 망설였다.

"네, 슈퍼맨을 언급할 필요 없어요. 평생 충분한 슈퍼맨 농담을 들었거든요." 크립톤의 하얀 머리는 실제 산 것보다 더 많은 세월을 살아낸 것처럼 보이게 했다.

"여러분이 올 거라고 들었어요. 컴퓨터 작업은 잘 되어가나요?" 크립톤이 물었다.

"느려요. 좀 더 느리다면 해결하는 게 아니라 암호를 새로 만든다고 하겠어요." 카본이 말했다. "그 종이들은 뭔가요?"

“이거요? 티타늄 제품 주문서랍니다. 티타늄판, 티타늄 막대, 어디에 쓰는지 궁금한 티타늄 구 같은 것들이요. 저는 생산품이 주문과 맞는지 확인 과정과 선적을 살펴보죠. 이거 하느라 오늘은 점심도 걸렀어요. 감사하게도 이만큼만 남았어요. 잠깐 간식 먹으며 쉬려고 하는데 식당 보러 갈래요?” 크립톤이 종이를 올려놓으며 말했다.

“아뇨, 이미 봤습니다.” 실리콘이 답했다. 그러자 크립톤이 방을 걸어 나갔다. 카본은 주문서를 흘깃 보더니, 혼잣말했다.

“우리 키만한 티타늄 캡슐은 왜 필요한 거야?” 그러자 실리콘이 종이를 집어 들었다.

“스트론튬이 주문했는데…시립병원용이라네. 그래. 그가 병원에서 일하지 않는다는 걸로 봐서 이상하다는 데 동의해. 그는 시장 보좌관 아냐? 그런데, 야, 우리는 그 아래 미친 과학자들의 구역에서 무슨 일이 일어나는지 모르잖아. 피부 미백제 사건 기억나?” 실리콘이 말했다.

“그럼. 내가 처음 썼을 때 피부가 분필 색깔로 변해서 쓰다 말았잖아.” 카본이 말했다.

그때 크립톤이 손에 반쯤 먹은 핫도그를 들고 돌아왔다. 그녀는 캡슐 주문을 들여다보았다.

“네, 나조차도 뭐에 쓰는 건지 모르겠어요. 아마도 누군가 매우 값비싼 관이 필요한 모양이죠.”

* * *

한편 도시에서는 아이언이 파워 이전 구조에 마지막 부속품을 합치고 있었다. 아이언은 이것이 작동하길 바랐다. 작업의 마지막 30%는 우라늄의 조언 없이 끝내야 했다. 작업을 마친 기계는 잡동사니들로 복잡했고, 테니스공 두 개를 합친 정도의 크기로 호스가 연결돼 있었다.

"이제 다음 단계로 넘어가서 도대체 우라늄에 무슨 일이 생긴 건지 알아봐야 합니다." 마그네슘이 말했다.

"시장님, 저희가 20분 전쯤 우라늄 성으로 스트론튬을 보냈습니다. 아마도 기차표를 사는 줄에서 아직 기다리고 있을 겁니다." 아이언이 기계에 있는 스위치 두 개를 켜자 기계가 윙윙대기 시작했다.

"2단계. 실제 원소들을 상대로 실험해 보기, 하지만 우리는 알맞은 실험 대상이 없어요. 엘리멘트로이드가 하나도 없잖아요." 아이언이 말했다. 그러자 마그네슘이 잠시 눈을 감고 가만히 서 있었다. 그러더니 눈을 뜨고 말했다.

"우리는 힘이 센 일부 다른 원소들에 시험해 볼 수 있어요. 이 구조는 도시의 파워 이전 구조를 생체용으로 바꾼 것뿐이잖아요. 그렇죠? 우리는 시립병원에 자신들의 힘을 제어하는데 문제가 있는 원소들을 돕기 위해 비슷한 구조를 갖추고 있어요. 그걸 시도해보죠." 마그네슘이 자신감을 억지로 끌어낸 분위기로 말했다.

"그냥 우라늄 백작이 나타날 때까지 기다릴게요. 그러면 우리가 다룰 수 있을 겁니다. 이걸 일반 원소들에 썼을 때 무슨 일이 일어날지 전혀 모르겠어요. 아마 죽일 수도 있어요."

"스트론튬과 브로민이 동의했고, 나 역시 동의했어요." 마그네슘이 아이언의 의견을 물겠다. 어색한 침묵이 2초가량 흐른 다음 마그네슘이 방을 떠났다.

1시간 뒤 마그네슘의 사무실에서 전화가 울렸다.

"시장님? 네, 구조대(Rescue Squad)의 레늄(Rhenium)을 방금 만났는데 우라늄은 괜찮고, 아직 살아 있다고 합니다. 우리가 그를 만나 그가 우리 얼굴을 알아보려면 2시간 정도 걸릴 겁니다. 잔해 아래에 화상을 입고 넘어져 있는 걸 찾았습니다." 스트론튬의 말 너머로 레늄이 그의 동료 포타슘에 큰 소리로 명령을 내리는 소리가 들렸다.

"게이뤼삭[16]이시여, 제발." 마그네슘이 이를 갈았다.

* * *

티타늄 협곡에서 2시간 정도가 지나자 컴퓨터가 마지막 데이터 처리를 끝냈다. 스크린에 문장 하나가 떴다.

일치한 숫자: 279

"이건, 내가 기대한 게 아닌데. 좋아. 처음 50개를 다시 해보고 뭐라고 하는지 보자." 실리콘이 보기 버튼을 눌렀다. 각각의 결과를 꼼꼼히 살피면서 일치하는 신호를 하나하나 부르기 시작했다.

"라듐, 테크네튬, 넵투늄, 캘리포늄, 보륨, 그리고…." 시간

---

16 기체반응의 법칙을 발견한 프랑스 화학자 조지프 루이 게이뤼삭을 말한다.

이 오래 걸렸다. 카본이 일치하는 원소의 목록을 만들기 시작했고, 그들은 두 가지를 알게 되었다. 첫 번째, 모든 일치하는 사례는 이미 존재하는 원소들로부터 나온다. 두 번째, 어떤 이름은 반복된다. 특히 93번 이후의 원소들이 그랬다. 카본은 목록을 두 번 읽어본 다음 이걸 알게 되었다.

"여기 또 재미있는 사실이 있어. 여기 원소들은 일치하긴 하지만 힘의 주파수가 좀 이상해. 주파수에 반복되는 양식이 있어. 이걸 뭐랄까, W파라고 부를까?" 카본이 찾아낸 것을 들은 뒤 실리콘이 말했다.

"그리고 열차가 4분 뒤에 여기 도착합니다. 여러분, 이제 가야 해요." 크립톤이 말했다. "저녁 7시에요."

"내일 밤 여기에 대해 얘기해보자." 실리콘이 말했다.

"나는 다른 이들한테 경고할게." 카본이 말했다.

▽ 7. 오래된 계획

'이제 모두 합쳐야 할 시간인 것 같아. 다들 가능해?' 설퍼가 CSI 단체 채팅방에 메시지를 보냈다.

'아이오딘과 실리콘이 안 왔어.' 카본이 답장했다.

'원년 선수는 다 모였네.' 아이언이 보냈다.

'카본, 네가 이상하다고 했던 것 이야기해 봐.' 설퍼가 아이언의 메시지를 무시했다.

'1. 엘리멘트로이드의 파워 주파수와 일치하는 아주 많은 원소가 있다.

2. 누군가 티타늄 관을 주문했다. 그 누군가는 시장이다. 뭐 아는 거 있어?' 카본이 물었다.

'아직.' 아이언이 답했다.

'내가 본 건 시장과 다른 이들이 우리 도시에 있는 원소들을 상대로 파워 추출기를 실험하려고 계획하고 있다는 거야. 그들은 굉장히 확신한 것 같더라.' 아이언이 썼다.

'그게 전부라면, 이 미팅은 목적 달성이야. 이 질문에 어떤 대답이든 생각하려고 해봐.' 설퍼가 보냈다.

'그냥 시장한테 물어봐야 해.' 카본이 적었다.

'그게 되면 좋게.' 아이언이 썼다. '스트론튬은 내가 하는 모든 질문에 답을 피했어. 내일 가서 원소 실험 준비할 때 어떤 정보라도 모아봐. 자원할 사람 없겠지?'

다음날 우라늄 백작이 환자이자 의사로 병원으로 실려 왔다. 그는 바퀴 침대에 올라 처치실을 나와 수술실로 옮겨갔다. 그는 핵심 관계자로 실험을 지켜볼 필요가 있었지만, 그의 뼈가 적어도 네 군데 부러졌고 왼쪽 귀가 아직도 울리고 있어서 의사 디스프로슘은 그를 조금이라도 이동시키는 것이 위험하다고 결정했다. 그래서 전체 침대를 수술실로 옮겼다. 수술실 안에 통상 있던 기계는 모두 빼냈다. 모든 것이 끔찍하게 잘못돼 날아갈 가능성에 대비하기 위해서였다. 만약 그렇게 되면 원소들과는 달리 적어도 값비싼 기계들은 남겨두어야 했기 때문이었다. 아이언의 걸작에 매끈한 금속 캡슐이 연결돼 있었다. 스트론튬은 금속 캡슐이 티타늄 협곡에서 곧바로 배달됐다고 말했다. 아이언은 시장이 티타늄 관을 주문한 이유를 깨달았다. 이 실험에 사용하기 위해서였다.

"그래서 누가 자원했나요?" 아이언이 물었다.

"네, 브로민이 여덟 지원자 가운데 세 원소를 추렸어요. 넵투늄, 캘리포늄, 버클륨입니다." 스트론튬이 답했다. 그는 그들의 연구가 한 명의 중상자만 발생시키고 이만큼까지 온 것에 안도하는 듯 보였다. 그는 실험 시작을 못 기다리겠다거나, 아니면 끝내고 싶은 듯이 왼손을 계속 쥐었다 폈다.

환자가 아닌 의사가 수술실로 바퀴 침대에 실려 굴러들어오는 건 흔치 않은 광경이라고 아이언은 생각했지만 아무 말도 하지 않았다. 우라늄을 화나게 해 방사선을 10Sv[17] 이상 맞고 싶지는 않았다. 우라늄 백작은 사실 너무 지쳐서 어떤 방사성 능력도 사용할 수 없었지만 아이언에겐 하지 않을 것이란 증거가 없었다. 그리고 직후 아이언은 시립 도서관에 가서 투석기 설계도를 찾아봐야 했다. 위험을 줄여야 했는데, 이상한 파워 추출기와 가장 비슷한 구조로 되어 있으면서도 안전하다고 확인된 것이 투석기였기 때문이다.

아이언은 수많은 설계도를 꼼꼼하게 살펴 추려내면서 기계를 찾고 있었고, 종종 흥미로워 보이는 디자인을 검색하고 있었다. 걸어 다니는 냉장고, 연필 끝을 무디게 하는 장치, 전력 축전기 계획서를 보았다. 유물 구역을 둘러보다가 '투석'이라는 단어가 눈에 들어왔다. 아이언은 왜 이런 기계가 유물이 됐는지 궁금해하면서 그것을 꺼냈다. 몇 초 동안 그는 이상한 기시감에 충격을 받았다. 그러다가 그것이 전혀 기시감이

---

17 생물학적으로 인체에 영향을 주는 방사선의 양을 나타내는 단위

아니란 걸 깨달았다. 느낌은 호기심이 됐고, 의심으로 옮겨갔다.

스트론튬은 아이언이 시립 도서관에서 15분 동안 나오지 않아 막 화가 나려던 참이었다. 하지만 그때 아이언이 설계도 두 개를 들고 왔다. 그는 척추를 누군가에게 강타당한 사람 같았다. 아이언은 도로를 다섯 걸음에 성큼성큼 걸어오더니 왼손을 꺼내 스트론튬의 얼굴 1㎜ 앞에 설계도를 들이밀었다.

"뭡니까?"

아이언이 도서관에서 가져온 설계도를 펴자 스트론튬의 가슴이 내려앉았다.

"아"

다음 날 아침 CSI는 가능한 가장 부드러운 말로 표현해 격노한 상태였다. 스트론튬은 한 사람의 얼굴에 그가 가능하다고 생각했던 것보다 훨씬 많은 그늘이 질 수 있다는 걸 깨닫게 해줬다. 마그네슘은 그의 방에 불편하게 앉아 있었고, 방에는 다섯 원소가 있었다. 모두 다양한 형식으로 감정을 표현하고 있었다. 가장 폭넓게 다양한 감정을 표현한 이는 의심할 바 없이 아이언이었다. 그의 얼굴은 화, 실망, 충격, 호기심, 그리고 항상성을 위한 그의 공학적 뇌 안에 갇춰진 아주 작은 조각의 이성을 나타내고 있었다. 카본은 대체로 현실에서 한 발 떨어져 있어 보였지만 말이 안 되는 상황을 애써 이해하고 있는 수준이었다. 하지만 그가 천천히 감정적으로 격해지고 있다는 것은 분명했다. 실리콘은 모든 것이 설명되기를 기다리고 있었지만, 결과가 환상적이지 않다면 완전히 돌아버릴 준비가 돼 있는 것처럼 보였다. 마그네슘이 표정 없는 포커페이스로 그의 당황스러움을 누르고 있었지만, 너무 차분해서 그가 맞는지 의심스러웠다. 스트론튬이 맹공에 대비하고 나섰다.

"우리가 이번 주 안에 발견한 것들을 모두 꼽아 봅시다." 아이언이 말하고는 손가락을 접기 시작했다. "먼저, 미쳐 날뛰는 사이코패스 안드로이드를 발견했죠. 그리고 플루토늄이 기차 안에서 미쳐 날뛰었습니다. 그런 다음 도시에 있는 원소의 4분의 1이 그 안드로이드들과 매우 비슷하다는 걸 알게 됐어요. 그리고 무엇보다, 당신들이 이 기계를 엘리멘트로이드들이 나타나기 전부터 만들어오고 있었다는 거죠." 아이언은 말려 있던 설계도를 펼쳐 보였다. 어제 시립병원 수술실에 있던 기계와 놀랍도록 꼭 닮은 기계를 보여주고 있었다. 캡슐의 모양이나 파워 추출 수준만이 조금 달랐다. 하지만 가장 중대한 차이점은 시간이었다.

이 설계도는 아이언이 스트론튬의 호출을 받고 센트럴 타워에서 만나기 6개월 전에 만들어진 것이었다.

"…지난밤 8시간 동안 말도 안 되는 상황에 대해 생각해 봤어요." 카본이 말했다.

"당신들은 엘리멘트로이드들에 대해서 알고 있어야 했거나, 아니면 적어도 대략의 아이디어라도 갖고 있었어야 해요.

그전에도 이것들은 존재했었어요. 슈뢰딩거가 그 미친 안드로이드 원소들이 나타날 확률이 50%라고 알려주기라도 했나요? 난 그렇지 않다고 생각해요! 그렇다면 이상한 엘리멘트로이드 파워와 가장 근접한 살아있는 증거는 이 엘리멘트로이드들과 비슷한 파워 수준을 가진 이상한 원소들이라고요." 카본이 블랙홀로 빨려 들어가는 별의 속도만큼 빠르게 (어디까지나 별의 관점에서, 이 사건에서 멀리 떨어진 다른 이의 관점이 아니라) 그의 생각을 쏟아내기 시작했다. "왜 그들이 그렇게 비슷한가요? 그리고 왜 당신들이 도시 주민들을 상대로 한 실험이 엘리멘트로이드들에게 통할 것이라고 그렇게 확신하나요? 유사점이 뭐죠? 아니면 도시 주민들 중에 엘리멘트로이드가 이미 있다거나?"

10초가 지났지만 매초가 10년 같았다. 스트론튬이 차분한 것이 아니라 혼동으로 느껴지는 침묵을 깼다.

"그렇습니다."

▽ 8. 기원

"엘리멘트로이드들이 무엇인지 처음 발견한 것은 8개월 전이었습니다." 마그네슘이 설명했다. "백작들의 공격이 있고 얼마 지나지 않아서였어요. 우리는…창조자들이 새로운 원소를 만들고 있다는 걸 말하기가 너무 두려웠죠. 그게…지난 세기부터였나? 꽤 됐어요. 제가 시장으로 선출되기도 훨씬 전이죠. 그리고 우리는 분명히 모두에게 말할 용기도 없었어요. 새로운 엘리멘트로이드 그룹이 생겨날 때마다 그들이 강해지고 있지만 우리는 아무 계획이 없다는 걸요."

"그래서 당신들의 계획이란 게 그들을 막을 방법을 알아낼 때까지 기다리려고 했던 거예요? 6개월 동안?" 실리콘은 이 말을 하면서 완전히 미쳐버릴 준비가 된 것 같았다. 다행히 스트론튬이 끼어들었다.

"그 소시오패스 유령 둘이 도시를 망가뜨리면서 도시 전체가 공황에 빠졌잖아요. 우리가 모두에게 칼슘 성 도서관에서 나온 음모(칼슘 가문은 금서를 모으는 전통을 갖고 있었다. 금서는 대개 너무 불쾌해서 죽는 걸 막을 정도로 강력한 불면증을 선사할 이야기를 담고 있었다)가 진짜라고 모두에게 말한다고 상상해 보세요. 우리가 해 온 일이 당신들과 전혀 다르지 않다는-도시를 구하고 있다는-걸 당신들과 모두가 이해할 것이라고 믿습니다."

"정말인가요? 그러면 왜 플루토늄이 엘리멘트로이드를 보자마자 완전히 미쳐 날뛰었나요? 그녀 또한 엘리멘트로이드인가요? 기차를 파괴하는 것도 계획의 일부분인가요?" 카본은 수은의 땅에서 거의 죽다 살아난 사고 때문에 더 매섭게 쏘아붙이는 듯했다.

"우리는 이 새로운 것이 나타나기 전까지는 엘리멘트로이드가 다른 엘리멘트로이드를 광란으로 몰고 간다는 걸 절대 알 수 없었어요. 그리고 우리가 그걸 알게 됐을 때쯤에는 그 미친 로봇들이 도시를 부수고 있었죠." 스트론튬이 답했다.

"맞아요. 이해할 만하네요. 하지만 당신들이 이 일을 끝낼 때까지 엘리멘트로이드들을 붙잡고 있을 수 있다고 생각하게 만든 용기는 어디서 나왔나요?" 아이언이 말했다. 그의 공학적 논리가 효과를 나타내면서 그의 화를 자극했다. 공학자로서 그는 계획을 지키는 것이 엄청나게 어렵지만, 언제인지 모르는 기한을 지키는 것은 더 어렵다는 것을 알고 있었다.

"처음에 나타난 엘리멘트로이드들은 제어하기가 쉬웠어요. 약해지고 있었거든요. 방사성 원소의 힘을 제어하기 위해 이미 만들어진 기기로 통제할 수 있었죠. 하지만 우리가 오만했고, 더 좋은 기계를 만드는 과정이 너무 지체됐어요. 그리고 우리가 어디 있나 보세요." 마그네슘이 한숨을 쉬면서 창쪽으로 몸을 돌려 도시와 도시 밖, 토륨 대지[18]까지 바라보았다. 마그네슘은 피곤해 보였고, 그의 결정 때문에 도시 전체가 위험에 처했다는 사실을 걱정하고 있었다.

"정말 미안하다면 이게 끝나고 모두에게 이야기하세요. 도시 안에 있는 엘리멘트로이드들은 이걸 알고 있나요?" 실리콘이 말했다.

"아니. 본인의 힘을 제어하는 데 문제가 있는 방사성 원소는 항상 있었어. 그들은 자신이 그냥 방사성 원소라고 생각할 거야. 솔직히, 우리는 그들을 의심하지 않아. 여기에 대해 누구를 비난할 수는 없다고 봐." 카본이 말했다.

"카본이 맞아요. 문제를 풀어내는 능력이 있군요. 그렇죠?" 스트론튬이 말하며 웃었다. (굉장히 살짝) 아이언에게 전화를 건 이후 웃은 건 처음이었다.

"마지막 질문이요. 그들이 미친 로봇이라는 건 어떻게 알았죠?" 아이언이 물었다.

---

18 위는 평평하고 가장자리는 가파른 지형

"주기율표로 몇몇 실험을 해 봤어요." 스트론튬이 말했다. "몰랐어요? 주기율표를 '읽으면' 어느 원소에 대해서든 자세히 알 수 있어요. www.periodictable.com에서 검색해 보세요."

"뭐라고요?" 아이언이 말했다. 하지만 그는 종이 울렸을 때 떠나야 했다. 토의 시간이 끝났다는 뜻이었다.

이후 CSI는 아이언의 집에 모였다. 그들은 사건에 관해 이야기할 필요가 있다고 결정했기 때문에 그냥 가장 가까운 집으로 갔다. 예상치 못하게 그곳에서 아이오딘을 만났다. 아이오딘은 아이언이 아직도 고치지 않은 지붕의 거대한 구멍을 통해 무단 침입해 아이언을 기다리고 있었다.

"뭐야?" 아이오딘이 말도 안 되는 음모에 대해 들은 뒤 말했다. 그는 언제나 현실에서 멀리 떨어져 있어서 그렇게 화가 나 보이지는 않았다.

"그래서 어디서 시작해야 해?" 아이언이 말했다. 아무도 대답하지 않았다. 모든 것에 대해 듣고 나서는 논의가 필요하다고 느끼긴 했지만 실제로는 말할 것이 많지 않았다. 카본이 입을 열었다.

"스트론튬이 뭐라고 했지? 주기율표가 어떤 원소든 구체적인 정보를 준다고?"

"너희들 몰랐어?" 아이오딘이 말했다. 그의 평소 흐릿한 오렌지 눈에 좀 더 초점이 맞춰졌다.

"넌 알고 있었어?" 카본이 물었다.

"내가 그걸 해독하는 걸 도왔잖아. 7개월 전에. 아이언 너 기억나?" 아이오딘이 아이언에게 고개를 돌리며 말했다. 아이언은 방금 철판으로 지붕에 난 엄청난 구멍을 막는 작업을 끝낸 참이었다.

"뭐라 뭐라, 주기율표 읽기. 난 그 정도만 기억해." 아이언이 말했다. "넌 항상 이상한 걸 하잖아."

"그래서, 주기율표가 레이저를 맞으면, 특정한 주파수에서 오르락내리락하는 전자기파를 발산하지. 우리가 매 칸마다 레이저를 쐈고, 주기율표가 다양한 리듬을 발산했어. 해독해 보니까 각 원소의 신체 특징하고 대응되더라고. 스트론튬이 내가 만든 기기로 그걸 이해할 수 있었지! 만세!" 아이오딘이 말했다.

"무슨 정보를 말하는 거야?" 아이언이 물었다.

"물리적인 성질과 건강 상태, 숫자, 그리고 수수께끼의 신호에 대해서. 아마도 그 신호가 원소와 엘리멘트로이드의 차이에 대한 걸 말하는 것 같아." 아이오딘이 설명했다.

"건강 상태? 그게 어떻게 우리 건강에 대해서 알 수가 있어?" 설퍼가 물었다.

"그게 수수께끼란 말이지. 우리나 무언가에 연결된 것 같아." 아이오딘이 말했다.

"야, 우리 이거 한번 파 보자. 이 연결이 어디까지 뻗어나갈까? 주기율표의 그런 변화가 실제 원소들에도 영향을 줄까?"

“잠깐” 카본이 말했다. “네가 방금 도시를 구할 방법을 생각해 낸 것 같아.”

▽ 9. 추적

이틀 뒤 아이언은 자신의 집 현관에 아이오딘이 이상하게 생긴 기계 2개를 들고 서 있는 것을 발견했다. 보통의 언어로는 묘사하기 어려운 것들로 구성된 기계였다. 표준적 관점에서 이상한 모습이었지만 두 명의 반쯤 미친 공학자 친구들에게는 그렇게 보이지 않았다. 아이언은 아이오딘이 40분 기다린 걸 알고도 당황하지 않았다. 아이오딘은 아이언이 이렇게 물은 뒤 5초 뒤에나 대답했다. "여기 왜 있어?"

"너한테 일자리를 주려고. 넌 계약직 근로자인데, 지금은 월급도 끊겼잖아. 그렇지? 그래서 다른 일자리를 주려고. 얼마를 원해? 수직 표면을 걸어서 갈 수 있는 새로운 광산 플랫폼을 새로 디자인해서 돈 많이 받았어."

"내가 모든 사고를 겪으면서 결정한 거야. 내가 겪는 모든 기술적 어려움에 돈 두 배씩. 10달톤[19]부터 시작하지."

"아니. 그건 네가 5번의 어려움을 겪는다는 뜻이잖아. 320 줄게. 너 그 수법 8개월 전에 스칸듐에 써먹었었어. 결국 1020달톤을 주는 걸로 끝냈잖아." 아이오딘이 말했다.

"젠장, 그럼 500에서 합의 보자. 아니다. 450으로. 넌 좋은 친구니까. 나한텐 최소한이야. 수표 어디 있어?" 아이언이 말했다.

"네가 어떻게 라듐을 물리쳤는지 기억나?"

* * *

이틀이 지났다.

"그래서, 우리가 그들을 추적해내면 뭘 해야 하는데?" 카본이 말했다.

카본과 설퍼, 실리콘은 이제 보수를 거의 마치고 재개장 준비가 된 센트럴 타워 1층에 있었다. 그들은 기계를 GPS에 연결할 준비를 하고 있었다. 카본과 실리콘이 티타늄 광산에서 완성한 방법이었다.

"몰라. 그래도 시장한테는 보고해야겠지. 모든 도시가 멈춰 섰을 때나 성에 갇혔을 때와는 달라. 우리가 원하는 건 뭐든 할 수 있어." 설퍼가 말했다.

"그래, 좋은 생각이야. 추적기를 GPS에 연결해야 해. 그러

---

19 질량의 단위. 탄소 1 원자의 질량이 12달톤이며 1달톤=1.661×10^{-24}g. 여기서는 화폐 단위로 쓰였다.

려면 정식 허가가 필요하고." 실리콘이 말했다.

기술자(Technician) 틴(Tin)의 방은 10층에 있었다. 센트럴 타워 시장실 바로 아래였다. 설퍼는 대원들을 놀라운 속도로 그곳에 데리고 가야 했다. 부분적으로는 CSI가 이제 시장(스트론튬, 디스프로슘, 그리고 브로민 포함)의 위험한 비밀에 대해서 알고 있기 때문이기도 했다. 틴은 아이언과 비슷하게 생겼지만 좀 더 말랐다. 틴이 테이블 2개와 의자 6개가 있는 접견실로 그들을 데리고 갔다. 아이오딘이 먼저 말했다.

"그래서, 이 추적기를 엘리멘트로이드를 찾는 데 사용할 수 있어요. 그런데 GPS와 연결해야 해요. 도와줄 수 있어요?"

"기꺼이요! 이 도시를 진정시키기 위해 뭐든 할 겁니다. 또 혼란에 빠지고 싶지 않아요. 그동안 도시에 벌어졌던 일들을 생각하면 말이죠." 틴이 말했다.

몇 분 후 추적기가 GPS 컨트롤러에 연결되면서 지도에 빨간색 점 10개가 표시됐다.

"이제 뭘 하죠?" 카본이 말했다.

"내가 군대를 부를게요. 아니면 SWAT팀[20]이든, 누구든요. 우리가 이 녀석들을 처리할 수는 없어요. 그들은 제정신이 아니에요. 젠장, 제대로 된 원소도 아니네요." 틴이 말했다.

추적기가 경고음을 내기 시작한 지 6분이 지났다. "하나 찾았어요. 이 엘리멘트로이드가 도시에 가장 가까이 있네요. 실리콘 사막에 있어요. 경찰을 부를게요. 위험한 일은 하지 말

---

20 Special Weapons and Tactics 경찰특공대

아요. 이번엔 우리한테 맡겨요." 틴이 말했다.

"알았어요." 설퍼가 말했다. 나머지도 고개를 끄덕였다.

아이언은 집에 돌아오자마자 말아두었던 설계도를 폈다. 아이오딘이 그에게 보여준 설계도였다. 알아볼 수 없는 낙서가 많이 돼 있었지만, 아이언이 아이오딘에 대해 한 가지 확실하게 알고 있는 게 있다면-물론 아이오딘이 해초 말고 무엇을 먹는지를 포함해서 그에 대해서는 알려지지 않은 것이 많았지만-그가 영감을 받을 때마다 그의 아이디어는 완벽에 가까워진다는 점이었다. 아이언은 설계도와 엘리멘트로이드의 파워 주파수를 세밀히 비교하기 시작했다. 오늘 밤 잠들 수 없을 것 같았다.

실리콘은 다음 날 저녁 아이언의 은신처로 갔다. 실리콘 사막에 있는 그녀의 베이스캠프로 돌아가던 중이었다. 너무 오랫동안 가지 않고 두어서 모래폭풍에 모두 찢겨 나갔을 것 같았다. 아이언의 소식을 72시간 동안 듣지 못했기 때문에 그를 들여다볼 필요도 있었다. 실리콘은 눈그늘이 짙게 내려온 아이언을 발견했다. 그는 라듐 성에서 찾았던 기계 하나와 무척 비슷한 기계를 만들고 있었다. 기계에는 주기율표와 똑같은 모양으로 조각된 패널이 있었다.

"아이언…정확히 무엇을…만들고 있는 거야?" 실리콘이 말했다.

"아니, 안 돼, 미안해. 나중에 이야기하자. 이건 아무도 좋아하지 않을 기계야. 나조차도 내가 이걸 만들고 있다는 게 믿어지지 않아….”

아이언이 말을 마치기도 전에, 실리콘은 아이언이 무엇을 만들고 있든 좋지 않다는 걸 깨닫고 걸어 나갔다.

한편 SWAT팀은 실리콘 사막 한가운데에 엘리멘트로이드 모스코븀이 의식을 잃고 있는 것을 발견했다. 실리콘 괴수가 주변을 돌아다니고 있었다. 그의 몸은 파워 추출기 시험모델에 넣어졌고, 브로민 박사의 추가 검사를 위해 시립병원으로 옮겨졌다.

엘리멘트로이드 사냥은 잘 되어가지 않았다. 모스코븀 말고 다른 엘리멘트로이드는 발견되지 않았다. 폭발하거나 날아가 버려 SWAT팀을 괴롭게 했다.

스트론튬은 모스코븀이 들어가 있는 캡슐에 기대어 있었다. 피부와 눈, 모든 것이 빛나고 있었다. 이 존재는 확실히 정상은 아니었다. 컴퓨터는 그것이 불안정하다고 경고했지만, 캡슐이 어떤 식으로든 작동하면서 모스코븀이 불안정해질 때마다 에너지 일부를 빼내고 있었다. 모든 에너지 폭발을 억제하고 있었지만 이 존재는 안에 작은 퀘이사[21]를 가진 것처럼 보였다. 이것이 원소 세계의 법칙을 따르지 않기 때문에 이것을 영구적으로 안정화할 어떤 방법도 없었다. 하지만 그렇다고 영원히 가둬둘 수도 없었다.

한편 아이언은 엘리멘트로이드를 잡기 위해 그가 만들고 있는 기계에 마지막 부분을 추가하고 있었다. 스크린과 안테

21 강한 전파를 내는 성운

나가 달렸고, 아이언조차 말도 안 된다고 생각하는 많은 부품이 부착돼 있었다. 이제 주기율표를 가지고 테스트하는 일만 남아 있었다. 아이언이 주기율표를 사용하도록 해줄 리가 없었다. 하지만 시도는 해봐야 했다. 그는 너무 흥분해서 기계를 다 만들면 아이오딘에 전화하겠다던 약속을 완전히 잊고 기계를 싸서 차에 실었다.

"여보세요? 이 기계를 만들어 보려고 해요. 주기율표로-아이코!"

경비병 게르마늄이 현관에서 아이언을 던져버리기 전에 아이언이 할 수 있는 말은 이게 전부였다. 하지만 그는 다시 시도해야 했다. 이번에는 센트럴 타워로 가서 보안 전문가 스칸듐과 이야기했다. 진회색 머리카락과 어두운 피부를 가진 스칸듐은 주기율표를 지키고 있었다. 하지만 아이언의 기계가 뭘 하는 것인지 들은 다음에는 검토해보긴 하겠다면서도 거절의 뜻을 전했다. 아이언은 주기율표를 빌려 가게 해달라고 요청했었다. 아이언은 작업실로 돌아와 한숨을 쉬었다. 그는 기계만 있으면 모든 것이 해결될 것이라고 확신했지만 다른 누구도 확신하지 못했다. 아이언 자신조차 이것이 정신 나간 짓이라고 생각했다. 그는 침대로 들어가 바로 잠들었고, 다음 날 정오까지 깨어나지 않았다. 그리고 아직도 아이오딘에 알리지 않았다.

* * *

스칸듐은 주기율표를 들여다보고 있었다. 그는 아이언의

제안에 대해 생각하고 있었다. 스칸듐은 주기율표를 잠시 옮겨 원자력 에너지로 대체할 수 있었지만 2년 전 사고 때문이 아니더라도 주기율표를 옮기는 것 자체를 상상할 수가 없었다. 하지만 도시가 제대로 굴러간다면 누가 신경을 쓰기나 할까?

“여기요, 몰리브덴, 대체 파워로 전환하세요. 주기율표를 가져갈게요. 시장께는 내가 말씀드릴 겁니다.” 스칸듐이 말했다.

“여보세요, 마그네슘 시장님, 주기율표를 가져갈게요.…네, 물론 돌려놓을 겁니다. 네, 잘 사용하겠습니다. 대체 파워를 켜놓았으니 도시 기능이 정지되진 않을 거예요. 아이언의 기계인데요….” 반응기 중심에서 주기율표를 제거하고 플루토늄 판을 집어넣은 다음, 스칸듐은 아이언에게 즉시 전화를 걸었다.

“기계를 가지고 중앙 연구소로 오세요. 당신이 필요한 것을 얻었어요.” “알겠습니다.”

아이언은 센트럴 타워 근처 건물에 있는 중앙 연구소로 차를 몰고 갔다. 연구소는 유리와 강철 프레임으로 만든 매끄럽고 둥근 모양의 건물로, 공상과학 영화에 나올 것처럼 보였다.

“들어오세요. 스칸듐이 기다리고 있습니다.” 경비병 게르마늄이 말했다. 스칸듐은 여러 부서진 조각과 부품이 있는 운동장에서 아이언을 기다리고 있었다. 고철 처리장이었다.

"어서 오세요. 환영합니다. 이제 기계를 보여주세요." 스칸듐이 말했다. 아이언이 방수포를 걷어내자 기계가 드러났다. 옆으로 누워 있는 냉장고만 한 금속 상자로, 안테나가 달려 있었고, 안쪽으로 조각된 금속 프레임 위에는 조작 패널이 달려 있었다. 안테나는 방아쇠와 이것저것이 더 달린 네일건처럼 생긴 기기에 부착돼 있었는데, 이 기기가 상자의 가장 위에 놓여 있었다.

"그래서 이게 반경 10m 안에 있는 어떤 원소의 파워도 제어할 수 있단 건가요? 네?" 스칸듐이 말했다.

"뭐, 아이오딘이 맞는다면 어느 정도는요. 그가 주기율표를 사용해서 원격으로 원소 파워에 연결했고 우리가 사용했던 기술로 파워 레벨을 제어해서 라듐 백작에게서 파워를 빼냈어요. 원소를 향해 이 신호 안테나를 겨누면 더 정확도가 높아지지요. 주기율표는요?"

"여기 있어요." 스칸듐이 세 개의 서로 다른 자물쇠가 있는 금속 상자를 열고 주기율표를 보여주었다. 판은 금색과 모든 색깔로 빛나고 있었다.

"첫 단계는…기계를 켜고-아이언은 기계를 켰다-주기율표를 프레임에 삽입하는 것입니다. 그리고 이 기계를 엘리멘트로이드에서 10m 떨어진 곳으로 옮겨야 해요." 아이언이 말했다.

"하나 더요. 이 기계는 사실 내 것이 아니에요. 이건…세상에! 그에게 전화하는 걸 잊어버렸네요. 엄청나게 화를 낼 거예요. 잠깐만 기다려 주세요."

스칸듐이 노려봤지만, 그녀에게는 선택지가 없었기 때문에 "그래요"라고 말했다.

아이언이 전화기를 꺼내 아이오딘에 전화를 걸었다. 아이오딘은 전혀 화를 내지 않았고, 그가 도착하자 스칸듐은 그들을 건물의 지하 연구실로 데려갔다. 그곳에 모스코븀이 있었다.

▽ 10. 사냥

스칸듐은 모든 것을 금속과 콘크리트로 도금한 실험실 지하 3층으로 안내했다. 그는 세 개의 서로 다른 문을 열었고, 그제야 그들은 실험실에 도착했다. 실험실에는 한 명이 들어갈 수 있는 매끈한 금속 캡슐과 엘리멘트로이드의 여러 상태를 보여주는 컴퓨터가 있었다. 컴퓨터에는 크고 붉은 글씨로 '불안정'이라고 나타나 있었다. 아이언이 만든 캡슐은 엘리멘트로이드의 파워를 조금씩 제거해 폭발하지 않도록 하는 것이었다. 불행하게도 엘리멘트로이드는 빠르게 재충전됐다. 장치는 은색 금속으로 완전히 닫혀 있었고, 출입구를 나타내는 얇은 선만 보였다. 아이언은 기계를 공중에서 띄워서 옮긴 다음 바닥에 내려놓았다. 스칸듐이 세 개의 자물쇠가 달린 상자를 열어 주기율표를 꺼냈다. 갑자기 캡슐이 흔들리더니 조용히 윙윙대기 시작했다. 혼자서 모스코븀을 연구하고 있던 과학자 스트론튬을 제외한 모두가 물러섰지만, 스트론튬이 조용히 말했다. "걱정할 거 없어요. 또 다른 폭발입니다. 몇 시간마다 한 번씩 그래요. 에너지의 무한한 원천을 안에 가진 이 미친 미니 토카막[22]을 우리가 만든 기계가 확실히 참아낼 수가 없네요." 스칸듐이 기계 프레임에 주기율표를 놓았다.

기계가 즉시 생명을 얻었다. 윙윙 돌아가더니 주기율표 위에 주기율표와 똑같이 생긴 홀로그램 디스플레이가 나타났다. 주기율표 위에 또 다른 투명 주기율표가 나타난 것 같았다. Mc 라고 표시된 부분이 깜빡거렸다. 아이언이 그 부분을 누르자 그것이 전체 디스플레이 크기로 확장돼 '파워 레벨'이라는 막대그래프가 나타났다. 막대그래프는 끝까지 가득 차 있는 상태로 '파워 과부하'라는 표시를 보여주고 있었다. 아이오딘이 기계를 잡고 붙어 있는 안테나를 조심스럽게, 그리고 천천히 캡슐 쪽으로 겨냥했다. 홀로그램 디스플레이에 '검색 중'이라는 알림창이 나타났다. 알림창에 표시된 글씨가 '감지됨'으로 바뀌었고, 1초 뒤 다이얼이 있는 새로운 알림창이 나타났다. 아이오딘이 집게손가락을 홀로그램 다이얼에 대고 돌렸다. 캡슐에 달린 컴퓨터 스크린 글씨가 '불안

---

22 핵융합 반응에 필요한 플라스마를 자기장을 이용하여 담아두는 장치

정'에서 '안정'으로 갑자기 바뀌었다.

"이제 뭘 하죠?" 스칸듐이 말했다.

"장치를 엽니다." 아이언이 말했다.

"자, 그러면 컴퓨터가 안정화됐군요. 몇 시간 동안 폭발하는 것 말고는 아무것도 하지 않는 이 생명체를 보고 있는 게 싫어요." 지하 연구실에서 일주일 내내 24시간 동안 처박혀 있는 스트론튬이 모스코븀을 바라보며 말했다. 엘리멘트로이드에 대한 비밀을 아이언으로부터 지켜내는 데 실패한 것에 대해 시장이 화가 나서 이 일을 하게 만든 것이라고 스트론튬은 확신했다.

"글쎄, 아무 일도 없네요." 스칸듐이 말했고, 장치를 열었다. 완벽하게 하얀 옷을 입고, 빛나는 몸에 완벽하게 부드러운 피부, 빳빳하고 하얀 머리카락을 군인 스타일로 바짝 자른 모스코븀이 거기에 있었다. 하지만 그들이 일주일 전 목격했던 초신성의 빛나는 공보다는 빛이 희미해 보였다.

그리고, 엘리멘트로이드가 일어섰다.

엘리멘트로이드는 겁에 질린 표정으로 눈을 크게 뜨고 주위를 둘러본 다음 깊고 가쁘게 숨을 들이쉬었다. 그리고 다시 장치 안에 누워 가쁜 숨을 몰아쉬었다.

"자." 스트론튬이 말했다. "이건 새롭네요."

"내 파워 추출기 보고 설계한 거지?" 아이언이 말했다. 그는 아이오딘에 놀라는 데 익숙해져 있어서 진짜로 놀라지는 않았지만 이 장치는 그래도 멋졌다.

"맞아" 아이오딘이 말했다. "네가 나한테 알려준 걸 응용했어. 네가 나한테 퍽 많이 자랑했었지."

"뭐라고요, 아이언이 우리가 만들고 있던 기계에 대해 말했었나요?" 스트론튬이 물었다.

"네, 그랬죠. 굉장히 흥분했었어요." 아이오딘이 말했다.

"아이언, 제가 이건 비밀이라고 확실히 해뒀던 것 같은데요." 스트론튬이 말했다.

"이봐요, 그는 아이오딘이라고요." 아이언이 답했다. 스트론튬은 아이오딘이 살짝 제정신이 아니라는 걸 알고 있었고 정부 기밀을 누설하기에는 너무 이 세계에서 멀리 떨어져 있다는 걸 깨달았다.

"좋아요. 우리가 두 달 뒤쯤이면 뉴스를 내보낼 것 같고, 도시의 가장…뭐…흥미로운 원소부터 시작할 수 있을 것 같군요." 스트론튬이 아이오딘이 듣지 않고 있는 줄도 모른 채 모욕적이지 않으면서도 아이오딘을 잘 묘사할 단어를 찾으려고 했다.

"좋아요. 다 좋아요. 하지만 이런 미니 초신성 9개가 우리 땅을 날아다니고 있다는 걸 여러분들이 깨달아야 합니다." 스칸듐이 말했다. "솔직히 그들 모두가 이렇게 되는 걸 빨리 보고 싶네요." 스칸듐이 모스코븀을 향해 고개를 끄덕이면서 말했다.

"이제 뭘 하죠? 나가서 그들을 쫓을까요? 기계가 고장 나면 어쩌죠? 엘리멘트로이드들이 헬리콥터를 부수면 어쩌고요?" 스트론튬이 말했다.

"그냥 아이오딘을 데려가면 되겠죠." 스칸듐이 말했다. "아이언도요. 내 차 엔진을 고치는데 1020달톤을 쓰도록 속인 공학자가 만든 무기 시험모델을 완전히 신뢰하진 않아요. 그 안에 어떤 형태의 오류가 있는지 누가 알겠어요?"

"이봐요, 그 엔진은 때 묻고, 더럽고, 끈적거렸다고요. 1020달톤만큼의 가치가 있었어요. 그것 때문에 내 기술을 의심한다면 도덕과 기술이 언제나 일치하지는 않는다는 사실을 상기시켜 줘야겠네요. 슈뢰딩거를 보라고요." 아이언이 자신을 스스로 변호했다.

"당신도 슈뢰딩거 같은 바람둥이라는 말인가요?" 스칸듐이 말했다.

"아니거든요!"

스칸듐과 아이언의 대화가 끝난 뒤 대원들은 마그네슘과 이야기하도록 남겨 두었다. 그들은 모두 요원(Agent) 악티늄-2부에서는 고고학자(Archaeologist)로 소개됐다. 도시의 원소 대부분은 여러 직업을 갖고 있다-이 헬리콥터를 대기시켜 놓은 폐차장으로 갔다. 그는 지쳐 있었고, 계속 불평을 하면서 인명 경시 범죄로 기소되기에 충분한 심한 말들로 엘리멘트로이드들을 저주하고 있었다.

"저 요원은 확실히 행복하지 않네요." 아이언이 스칸듐에 속삭였다.

"일주일 동안 엘리멘트로이드들을 쫓아다녔는데 당연하

죠.” 스칸듐도 속삭이며 답했다.

“기억하세요, 여러분. 시장님이 여러분이 악티늄을 따라 움직여도 된다고 허가한 건 단 하나의 조건에 따라섭니다. 악티늄과 다투지 마세요. 그는 화가 나 있고, 당신들 두 명과 달리 정식 허가를 받았습니다.” 스칸듐이 아이언과 아이오딘에 말했다.

아이언은 비밀로 시장을 협박해볼 생각도 했지만, 너무 사악하다는 결론을 내렸다. 유령 백작들의 사악함 수준과 비슷한 것 같았다. 아이언은 머릿속에서 백작들의 이미지를 털어냈다.

“좋아요, 출발!” 악티늄이 말했다. 대원들은 틴의 실험실에서 가져온 추적기가 보여주는 신호를 쫓아갔다.

가장 가까이 있는 것은 은의 땅에 있던 코페르니슘이었다. 그들은 한 시간 반이나 비행해야 했다. 그때 지평선에서 대원들은 살구 같은 태양을 보았다. 곧 그것이 태양이 아니라 훨씬 더 위험한 무언가라는 걸 깨달았다.

“아 이런…저건 진짜 엘리멘트로이드잖아.” 악티늄이 말했다. “3주나 쫓아다녔는데 딱 하나 찾았네요.” 악티늄의 쪽빛 눈이 커졌다가, 역겨움을 느끼자 곧 줄어들었다.

대원들은 10분가량 엘리멘트로이드를 쫓아서 날았다. 너무 가까이 가서 괴물을 짜증 나게 하는 위험을 감수하지 않기 위해서였다. 가까이 가면 곧바로 끔찍한 죽음을 당할 것 같았다. 악티늄 요원은 그 10분 동안 투덜거렸다. (왜 나지? 코발트 요원은 어쩌고? 엘리멘트로이드를 저주할 거야. 창조자들은 도대체 무슨 생각을 한 거지? 폭발하는 원소들을 만들다니, 또…)

"더 가까이! 반경 10m 안에 있어야 해요!" 아이언이 기계를 조작하며 말했다. 아이언은 왼손으로 안전띠를 붙들고, 오른손으로는 코페르니슘을 향해 안테나를 뻗은 채 헬리콥터 밖으로 몸을 내밀어 상체 대부분이 밖으로 나와 있었다.

"몇 미터만 더!" 헬리콥터를 전속력으로 몰면서 악티늄이 말했다. 그는 처음으로 엘리멘트로이드를 잡는 일에 흥분하고 있었다. 아니면 엘리멘트로이드에 마침내 복수하는 일이 기뻐서일 수도 있었다. 엘리멘트로이드는 주변을 의식하지 않는 것 같았다. 엄청나게 큰 헬리콥터 엔진 소리에도 한 번도 눈길을 주지 않았다. 모든 존재의 원초적 본능이 "아주 시끄럽고 빠른 물체는 보통 위험하다"라는 것이기 때문에 아마도 큰 소음이 무서워 그것으로부터 멀리 날아 달아나는지도 몰랐다.

"잡았다!" 아이오딘이 말했다. 그리고 손가락을 들어 기계의 다이얼을 만졌다. 아이오딘이 다이얼을 만지기 100만 분의 1초 전 코페르니슘이 방향을 바꾸며 폭발했다.

엘리멘트로이드가 붉은색 빛을 내며 폭발하면서 열파가 5톤짜리 헬리콥터에 충격을 줬고, 헬리콥터에 사용된 모든 볼트와 너트가 하나하나 풀어졌다. 다행히도 모든 것을 녹이지는 않았지만, 동체의 껍데기가 구겨졌고, 플라스틱 창은 부글

부글 끓으며 휘어졌다. 그것만 빼고는 모양은 그럭저럭 괜찮았다. 물론, 연기는 나고 있었지만 적어도 코페르니슘은 힘이 다 빠진 채 땅이 떨어졌다. 대원들은 헬리콥터를 착륙시켜야 했다. 연기가 나고 있었기 때문에 비상착륙이 필요했다. 모든 비상 신호가 깜박거렸고, 원래 불이 들어오지 말아야 할 전구에도 불이 들어왔다. 울퉁불퉁한 은광석 들판에 착륙하느라 애를 먹었다. 아이오딘이 파워 레벨을 낮췄고, 코페르니슘은 대원들이 미리 가져온 캡슐에 안전히 보관되었다.

"헬리콥터 고칠 수 있는 분 계시나요? 연기가 너무 많이 나는데요." 악티늄이 말했다.

"나한테 맡겨요. 할 수 있어요. 바깥쪽만 탔기를 바랍시다." 아이언이 앞으로 나서면서 말했다.

"내부 부품까지 탔으면 어떻게 되는 거야?" 실리콘이 말했다.

"간단하지. 여기 갇히게 돼. 광산 순찰대를 불러야 해. 쉬워. 은을 훔치려는 원소를 순찰하느라 언제나 헬리콥터가 주위에 있거든." 아이언이 말했다.

"자, 헛소리는 그만하고 일합시다! 아직 잡아야 할 엘리멘트로이드들이 더 있어요." 이 임무를 끝내고 싶어 안달인 악티늄이 말했다.

"좋아요, 그럼 내 장비가 필요해요." 아이언이 공구 상자를 열었다. 화염방사기, 스위스 군용 칼, 망치, 실리콘 결정체, 금, 은, 기타 이상한 것들 뭉치 등 다양한 부품과 도구가 들어 있었다.

악티늄이 헬리콥터 저장고를 열어 방탄유리를 꺼낸 뒤 완전히 엉망이 된 유리창 대신 갈아 끼웠다. 아이언이 헬리콥터의 덮개를 조심스럽게 제거하면서 말했다. “좋은 소식입니다! 타지 않았어요. 조금만 식히면 됩니다.”

헬리콥터를 식히는 데 1시간이 걸렸다. 악티늄은 끊임없이 불평하면서 나머지 대원들에게 고문에 대한 새로운 아이디어를 제공했다.

냉각작업이 끝나자 이미 밤이 되었다. 급히 나오느라 텐트를 못 챙긴 탓에 헬리콥터 안에서 자야 했다. 그날 밤 아무도 잠들지 못했다.

▽ 11. 진화

다음날 대원들은 깊은 협곡과 티타늄 광석이 있는 티타늄 광야로 날아가고 있었다. 티타늄 채굴을 위해 설치된 광산 캠프도 볼 수 있었다. 니호늄은 협곡에 있는 것 같았다. 다행히 악티늄은 숙련된 조종사여서 작은 실수도 없이 몇 초 만에 좁은 협곡을 쉽게 비행해 아무도 다치지 않았다. 그들이 1시간 정도 비행하면서 악티늄이 잠들어서 헬리콥터가 추락하지 않을지 걱정하기 시작했을 때, 니호늄을 발견했다.

이 엘리멘트로이드는 모스코븀과 매우 비슷하게 생겼으며 공중에 조용히 머물러 있었다. 빛이 희미해지고 있었기 때문에 대원들은 이것이 아마 좀 더 합리적으로 행동할 것이라는 희망을 약간 품었다. 하지만 돌아서서 헬리콥터를 보더니, 햇빛보다 더 밝게 빛나기 시작했다. 악티늄이 고도를 올리기 시작했고, 니호늄은 헬리콥터 쪽을 향해 1m 두께의 노란 열 광선을 쏘았다. 다행히 헬리콥터가 적시에 날아오르면서 다리 부분만 그을렸다.

"재충전이 필요할 거예요. 지금 가요!" 아이언이 말했지만, 악티늄은 무엇을 할 수 있는지 보면서 주저하다 몇 초를 버렸다. 니호늄은 협곡을 빠져나가 날아서 달아나기 시작했다. 악티늄은 머뭇거림을 끝내고 전속력으로 날기 시작했다.

니호늄이 빨랐지만 헬리콥터가 더 빨랐다. 시속 100㎞의 속도로 격차를 좁히고 있었다. 충분히 가까워졌을 때 아이오딘이 니호늄이 죽음의 광선을 다시 쏘기 전 손을 재빠르게 휘둘러 파워 레벨을 낮췄고 엘리멘트로이드는 땅에 떨어졌다. 니호늄이 협곡 바닥에 부딪혀 끔찍한 죽음을 맞으려 하는 것을 아이언이 보고 순식간에 안테나를 내려놓은 뒤 철 케이블을 휙 뽑아내 중력에 의해 죽음을 맞기 전 붙잡아 올렸다. 이제 캡슐이 두 개가 됐기 때문에 헬리콥터에 너무 많은 공간을 차지했다. 가장 가까운 광산에 캡슐을 내려 두어야 했고, 티타늄은 악티늄의 배지를 본 뒤 "망할 엘리멘트로이드들이 선로를 날려버리더니 이젠 이것까지"라고 투덜거리며 마지못해 장치 보관을 허락했다. 이후 대원들은 액체 갈륨으로 채워진 호수가 있는 갈륨의 땅으로 떠났다. 가는 도중 악티늄이 말했다.

"처음에는 엘리멘트로이드들이 그냥 폭발하고 동물처럼 날아다녔는데, 지금은 우리를 공격하고 있어요. 왜일까요?"

"각성하고 있는 것 같아요. 모두 괴수처럼 진화하지 않길 바랄 뿐이죠." 아이오딘이 말했다.

이후 그들은 무료 탄산음료가 나오는 아이언의 새 컴퓨터로 화제를 돌렸다. 대화를 나누는 동안 무슨 일이 벌어질지 대원들은 알지 못했다.

온종일 비행한 끝에 밤이 되었고, 대원들은 실리콘 사막에 착륙해야 했다. 그들은 실리콘의 유리 텐트 근처에 착륙했다. 유리 벽이 둘러싼 땅에 텐트 4개가 있었다. 실리콘 괴수용, 침실용, 부엌과 놀이방, 그리고 예비텐트였다.

"너희들이 하고 있는지 몰랐네…이걸." 실리콘이 대원들을 반겼다.

"뭐야, 끼고 싶어?" 아이언이 물었다. 악티늄이 조용히 고개를 저었다.

"악티늄이 안 된다고 하는 것 같네. 하지만 난 할 일이 있어. 우라늄의 컴퓨터 컬렉션을 내일 다시 조립해야 해." 실리콘이 답했다.

"우리가 태워줄 수 있어." 아이오딘이 불쑥 말했다.

"안 됩니다." 악티늄이 즉시 답했다.

"왜 안 돼요? 갈륨의 땅은 폴로늄의 땅 바로 옆이잖아요. 거기에 우라늄 광산으로 바로 가는 기차역이 있고요. 갈륨의 땅 기차역에 내려줄 수 있잖아요." 아이오딘이 말했다.

"저…그게…말이 되나요?" 악티늄이 생각하기 시작했다. 도시의 가장 존경받는 공학자 우라늄의 컴퓨터 컬렉션을 고치러 가는 누군가를 돕는 것을 거절한다면 그의 월급이 모호로비치치 불연속면[23]보다도 더 아래로 내려갈 수 있었다. 그가 3주 동안 엘리멘트로이드를 딱 하나 잡은 것에 시장이 이미 실망한 상황에서 그런 위험을 감수할 수는 없었다. 그래서 그는 포기했다.

대원들은 실리콘이 유리그릇과 도구를 이용해 준비한 구운 치즈 샌드위치를 먹고 난 다음 메인 텐트에서 잠을 청했다. 모두 아이오딘의 해초 메뉴보다 훨씬 낫다는 데 의견을 모았다. 아이언과 아이오딘은 반박하지 않았다. 아이오딘 자신도 오로지 건강을 위해 해초를 먹고 있었기 때문이다. 모두 잠을 자거나, 잠을 자려고 노력했다. 유리 침대는 안락하지 않았다.

다음 날, 실리콘은 캠프 전체를 다시 만들어야 했다.

일은 이렇게 시작됐다. 대원들이 잠에 깨어나 헬리콥터에 탑승하려 할 때 지평선에서 밝은 빛을 보았다.

"저게 내가 생각하는 게 맞는다면 내가 꿈꾸고 있는 거라고 말해줘요." 실리콘이 말했다.

"그랬으면 좋겠네요." 악티늄이 답했다.

"크기로 볼 때 1분 안에 여기 도착하겠어요." 아이오딘이 말했다. 그의 말이 맞았다. 엄청난 속도로 실리콘 캠프와의

---

23 지구의 지각과 맨틀의 경계면

거리를 좁히고 있었다. 속도 때문에 모래 꼬리가 날리는 것이 대원들에게도 보였다.

아이언은 걸음마다 모래 1파운드씩을 차면서 즉시 기계를 향해 뛰기 시작했다.

그때 엘리멘트로이드가 얼굴에서 레이저 광선을 발사했다. 헬리콥터가 정통으로 맞으면서 수백만 개 조각으로 부서졌다. 거대한 화염 공이 되어 날아가지는 않았지만, 잔해마다 불이 붙어서 수천 개의 불타는 금속 조각이 하늘에서 비처럼 내렸다. 기계는 주기율표와 연결돼 있어 전혀 손상되지 않았다. 손상을 입히는 건 불가능했다. 대원들은 모두 유리 텐트로 달려갔지만, 또 다른 레이저 광선이 엘리멘트로이드의 입에서 발사되었다. 더 약한 광선이었지만 텐트는 산산조각이 났다. 실리콘이 "야!"라고 소리쳤다. 하지만 화가 나 보이지는 않았다. 그녀의 집은 유리여서 자주 부서졌기 때문이다. 엘리멘트로이드가 날아서 달아나려 했지만, 악티늄이 감각을 되찾고 하얀 악티늄 주괴를 그것을 향해 힘껏 던졌다. 악티늄 조각이 엘리멘트로이드를 감싸고 조이기 시작했다. 몇 초 후 악티늄 덩어리 안에서 빛과 열, 압력이 터져 나오기 시작했다. 그리고 엘리멘트로이드가 땅에 쓰러졌다. 광선을 두 차례 쏜 뒤 위력이 약해져 있었고, 에너지를 한꺼번에 쏟아내면서 마지막 파워까지 다 소진한 상태였다. 아이언이 헬리콥터 잔해를 뒤져 장치를 찾아내 리버모륨의 파워 레벨을 낮췄다. 이제 네 개째였다.

"이제 당신 집은 없어졌네요. 헬리콥터도 마찬가지고요. 이제 어쩌죠?" 스칸듐이 말했다.

"캠프는 다시 만들 수 있지만…지원용 헬리콥터를 불러야 해요. 아이언조차도 그걸 수리할 수 없어요." 한때 헬리콥터였던 무언가를 바라보며 실리콘이 말했다.

"방금 그거 칭찬이야?" 실리콘은 칭찬을 거의 하지 않았기 때문에 아이언이 물었다. 실리콘이 땅에서 모래 입자를 끌어 올려 투명한 유리판으로 녹인 다음 작은 텐트부터 만들기 시작했다. 20초 만에 텐트 하나를 세웠다. 스칸듐이 시장에게 전화하고, 시장은 경찰을 부르고, 경찰이 SWAT팀 헬리콥터를 부르고, 코발트 요원이 헬리콥터를 타고 오는 동안 모두가 기다려야 했다. 기다리는 동안 실리콘이 물었다.

"그들이 우리를 공격하는 이유가 뭘까? 그럴 이유가 없는데…심지어 우리를 어떻게 찾은 거지? 우리가 그걸 탐지해낸 건 갈륨의 땅이 마지막이었어. 직선거리로 우리한테 날아왔을 거야."

"한번 보자. 왜 우리를 주목했지? 우리한테는 특별한 게 없는데. 가만, 하나 있어. 그거." 아이언이 기계를 가리키며 말했다.

"그럴 수 있어요. 그게 맞는다면 우리가 가장 크고, 가장 위험한 미끼를 가지고 다니고 있었던 겁니다." 악티늄이 주기율표를 가리키며 말했다. 그때 코발트가 도착했다. 코발트는 악티늄과 비슷한 옷을 입고 있었다. 온통 검은 운동복에 가슴과 등, 어깨, 무릎에는 보호용 충전재를 덧대고 있었다. 그녀의 눈은 밝은 은색이었고, 으스스한 기운을 풍겼다. 머리카락은 진한 파란색이었다. 승무원이 한 명 더 늘면서 헬리콥터 공간이 더 좁아졌지만, 다행히도 코발트는 본인 텐트를 들고 왔다. 다음 가장 가까운 목표는 질소의 땅에 있는 오가네손이었다.

"질소의 땅이라니…설퍼, 카본과 함께했던 첫 모험이 생각나네." 아이언이 말했다.

"그래. 추억의 장소다. 아주 좋아. 그래서 날 태워줄 건가요, 말 건가요?" 실리콘이 말했다.

"안 돼요. 헬리콥터가 꽉 찼어요. 지붕에 타고 갈래요? 시장님이 이 대원들에게는 헬리콥터를 한 조각으로 지킬 수 있는 누군가가 필요하다고 판단하셨어요. 그래서 당신을 위해 내 자리를 빌려줄 의지가 없네요." 코발트가 답했다. "악티늄을 두고 가는 것을 고려할 수는 있지만요."

"말도 안 돼요!" 악티늄이 즉시 맞받아 소리쳤다. "내가 엘리멘트로이드 절반만 찾고 나서 이 임무를 차버리면 내 자리는 끝이라고요!"

"뭐, 그게 대답이 될 것 같네요. 좋은 하루 보내세요."

코발트가 엔진을 켜자 헬리콥터 날개가 돌기 시작했다. 아이언은 실리콘을 무정하게 두고 가는 것을 항의하려고 했지만, 말조차 꺼내지 못했다. 코발트가 그녀의 하얀 눈으로 노려봤기 때문이었다. 결국 헬리콥터는 날아갔고 실리콘은 불평하면서 헬리콥터가 이륙하면서 날린 먼지 때문에 콜록거렸다.

몇 분 뒤 대원들은 질소의 땅에 도착했다. 들어서자마자 공격을 받았다. 코발트의 기술 덕분에(코발트는 사막, 산악지대, 화산, 그리고 10m 넓이의 협곡 등 모든 종류의 토양에서 헬리콥터 조종사로 일했다) 그들은 3초 안에 격추당하지 않았다. 몇 초 후 코발트는 아주 작은 태양이 그들을 향해 초신성 같은 속도로 날아오는 것을 보았다. 그녀는 오른쪽으로 급선회했고, 180도로 돌면서 엘리멘트로이드가 그들을 지나쳐 날아갔다. 헬리콥터가 등 뒤로 가면서 엘리멘트로이드는 갑자기 이들이 어디로 사라졌는지 잠깐 당황했다. 코발트는 엘리멘트로이드가 멈춘 사이 주위를 돌기 시작했다. 오가네손이 쏘는 모든 열 광선을 1m 차이로 피하면서 한번 돌 때마다 오가네손에 점점 더 가까워졌다. 반경 10m 안으로 가까워졌을 때 아이오딘이 파워 레벨을 내렸고, 오가네손이 쓰러졌다.

"아, 이런. 이것들은 매초 안 좋아지네요." 악티늄은 오가네손이 들어있는 안정화 장치를 바라보며 말했다. 코발트 요원이 전화를 받더니 표정이 갑자기 어두워졌다.

"여러분, 이건 좀 내키지 않는걸요." 그녀가 대원들에게 휴대전화를 보여줬다.

▽ 12. 반격

휴대전화에는 원소들의 도시가 공격받고 있는 모습의 사진이 있었다. 항공관제센터 측면에는 그을린 자국이 생겼고, 아스팔트 한쪽이 부서져 분화구가 만들어졌다. 악티늄이 저주를 퍼붓자 코발트가 그를 찰싹 때렸다.

"이제 어쩌죠?" 아이언이 말했다.

"엘리멘트로이드를 찾아 처리해야죠. 우리가 안개 속으로 날아가지 않길 바라야죠." 스칸듐이 말했다.

"진화하는 모습을 보니 사냥하기가 더 어려울 거예요. 직접 싸워야 할지도 몰라요." 코발트가 말했다.

"그럼 이렇게 하죠!" 아이오딘이 말했다. 모두는 헬리콥터에 올라 원소들의 도시로 날아갔다.

“우리가 주의를 분산시켜야 해요. 누구의 원소 파워가 가장 숙련돼 있나요?” 코발트가 말했다.

“우리 파워가 엘리멘트로이드의 슈퍼 레이저에 밀리지 않을까요?” 아이언이 말했다.

“동의합니다. 그래서요? 우리 힘을 한 번에 사용해요? 그럼요. 악티늄, 아이언, 아이오딘은 진짜 힘 있는 원소들이잖아요. 그렇죠?” 악티늄이 분명히 빈정댔다.

“그러면 우리가 어디든 가까이 가서 뭘 할 수 있나 봅시다. 결론부터 정해놓으면 아예 가능성이 없어요. 일단 갑시다.” 아이오딘이 말했다.

“뭐, 내가 그 미친 로봇 모두를 죽이고 싶어 하는 만큼이나 임무 수행 중 내 목숨을 지키는 것도 소중해요. 어떤 방법이 더 나을지 생각할 수가 없네요. 우리가 불가능하다는 걸 깨달으면 그때 빠져나옵시다.” 코발트가 답했다.

하지만 엘리멘트로이드 플레로븀에 가까이 갔을 때 대원들은 말을 할 수가 없었다. 그들의 눈앞에서 대체 무슨 일이 벌어지고 있는지 이해하려 애쓴 다음 뇌가 생각을 멈췄다.

그들이 본 것은 두 엘리멘트로이드가 서로 싸우는 모습이었다. 하나는 날고 있었고, 나머지 하나는 땅에 있었다. 서로에게 열 광선을 쏘면서 입자 광선이 허공에서 만나 극도로 밝고 뜨거운 형태의 줄다리기를 하고 있었다. 악티늄은 한 엘리멘트로이드의 파워 색깔이 익숙하다는 걸 깨달았다.

그것은 모스코븀이었다.

"아이오딘, 모스코븀에 힘을 보태줘요. 내가 말하는 대로 해요!" 악티늄이 소리쳤다.

"갑니다!" 아이오딘이 모스코븀에 살짝 힘을 보태자 광선이 두껍고 시끄러워지면서 강화되었다. 그리고 플레로븀이 땅에 떨어졌다. 아이언이 파워 레벨을 낮췄다.

모스코븀이 들뜬 표정으로 주위를 둘러보았다.

* * *

"우리 계획은 엘리멘트로이드들을 도시로 유인해 망할 그것들을 모두 날려버리는 것입니다." 마그네슘 시장이 말했다. 그의 몸 전체가 걱정 때문에 빛나고 있었다(마그네슘은 극도로 밝게 타오르기 때문에 불꽃놀이에도 사용된다). 6명의 대원은 모두 시장실에서 계획을 듣고 있었다. 코발트가 말했다.

"혼자서 도시의 절반을 파괴할 수 있는 생명체를 데려오는데, 우리가 편안하게 다룰 수 있도록 그들이 정확히 같은 장소에 있기를 희망하고, 그들을 유인하는데 협조할지 알 수 없는 엘리멘트로이드를 이용하겠다는 게 계획인가요?" 코발트가 말했다.

마그네슘이 살짝 눈살을 찌푸리며 말했다. "그래요. 하지만 그런 식으로 이야기하니 이 계획은 좀 어리석긴 하네요. 하지만 그를 본 뒤엔 마음이 바뀔 겁니다." 마그네슘이 모스코븀을 들어오라고 불렀다. 이 엘리멘트로이드는 눈을 크게 뜬 채 아직도 흥분된 듯 보였다. 그가 여분의 의자에 앉았다.

"좋아요, 그래서 모스코븀, 당신은 힘을 통제할 수 있죠? 그렇죠? 뭘 할 수 있는지 보여주시죠."

엘리멘트로이드는 손을 들어 통제된 것처럼 보이는 하얀 불꽃을 만들어낸 뒤 터뜨리지 않고 유지했다. 마그네슘이 마그네슘 덩어리를 위로 던지자 모스코븀은 레이저를 이용해 다른 것은 파괴하지 않고 마그네슘만 분해해 불꽃으로 터뜨렸다. 다행히 아무도 시력을 잃지는 않았지만, 너무 밝아서 정상 시력을 되찾기까지 1분 정도 기다려야 했다. 이제, 그들은 일을 시작했다.

그들은 나머지 엘리멘트로이드를 데려와 계획을 설명했다. 아이언의 기계 덕분에 대원들이 찾아 데려온 여섯 엘리멘트로이드는 이제 보통의 원소와 완전히 똑같았고, 그들의 힘을 통제할 수 있었다. 여섯 엘리멘트로이드(모스코븀, 코페르니슘, 니호늄, 리버모륨, 오가네손, 플레로븀)가 도시 주변에 배치되었고 코발트와 아이언, 악티늄이 헬리콥터에 올랐다. 헬리콥터가 도시 경계를 순찰하며 엘리멘트로이드가 올 때까지 기다렸다.

그들은 그저 대재앙이 닥칠 것을 알지 못했을 뿐이었다.

▽ 13. 총공세

그들이 가장 먼저 본 것은 빛이었다. 지평선에서 오는 '여러' 빛이었다. 그들은 도시를 포위하면서 공격하고 있었다.

"오, 이런" GPS 추적기를 보면서 스칸듐이 말했다. 엘리멘트로이드 넷이 도시에 접근하고 있었다.

코발트, 아이언, 악티늄을 태운 헬리콥터는 가장 가까이에 있는 엘리멘트로이드 마이트너륨을 향해 날아갔다. 니호늄이 마이트너륨을 막고 있었지만, 대원들이 도착했을 때 니호늄은 땅바닥에 뒹굴고 있었다. 마이트너륨이 도시로 진입했다.

마이트너륨은 건물로 돌진하다가 방향을 돌려 헬리콥터를

발견하고는 레이저 광선을 쏘았다. 가장 최근에 맞은 것보다 훨씬 빠르고 치명적이었다. 악티늄이 입자 광선을 마이트너륨의 몸에 쏴 주의를 흩뜨렸고, 레이저의 진행 방향을 바꾸면서 엘리멘트로이드를 압박했다. 그 몇 초로 충분했다. 몇 초 뒤 마이트너륨이 쓰러졌다. 하나는 처리했고, 셋이 남았다.

다음 그들이 본 것은 금 결정체와 금광석이 언덕과 평야를 이루고 있는 금의 땅에서 오가네손이 다름슈타튬과 싸우는 모습이었다. 이번 전투는 지난 전투와 다르게 더 오래 이어졌다. 두 엘리멘트로이드가 서로 모든 힘을 쏟아붓고 있었고, 두 개의 두꺼운 입자 광선이 바로 그들 사이에서 대치하고 있었다. 둘 다 긴장하고 있었지만, 특히 오가네손이 더 그랬다. 그의 파워 레벨이 더 낮았기 때문이다. 아이오딘이 파워를 조금 보내자 오가네손의 레이저가 두꺼워졌다.

그러고 나서 레이저가 폭발했다.

파워 레벨이 올라가면서 열 광선의 대척점 압력이 한계에 다다랐고, 태양보다도 더 밝은 빛을 뿜어냈다. 아이언이 동체 주위에 철벽을 쳐서 폭발을 막은 덕분에 헬리콥터는 무사했다. 불행하게도 시간이 너무 짧아 벽이 완전히 형성되지 않은 탓에 열파를 완전히 막아내기엔 벽이 너무 얇았다. 그래서 헬리콥터 전체가 섭씨 70도의 열파 공격을 받았지만, 실리콘 사막에서 헬리콥터 전체를 태워버린 열파에 비교하면 감사하게도 차가웠다. 그래서 그들은 즉시 정상으로 돌아왔고-비록 악티늄이 그가 해고되기에 충분할 정도로 욕을 퍼부었지만-

힘이 완전히 빠져서 정신을 잃은 다름슈타튬의 파워 레벨을 낮췄다. 그들은 즉시 테네신의 뒤를 쫓았다. 대원들이 다가갔을 때 그는 자전거와 도로표지판, 차량 등 보이는 모든 것에 죽음의 광선을 쏟아내며 사방의 아스팔트를 날려버리고 있었다. 그들이 볼 수 있는 모든 금전적 손상 말고도 그들은 날아간 아스팔트 도로의 특정한 부분에 더 관심이 갔다.

아스팔트가 폭발하면서 석실이 모습을 드러냈다. 실제로는 그냥 돌로 된 문이었다. 하지만 문은 지하 공간으로 이어졌다. 테네신이 그 위를 날면서 까만 눈으로 표정을 보이며 그것을 보고 있었다. 대원들이 들고 있는 주기율표보다 문 앞에서 더 주의가 흐트러지는 것처럼 보였다. 덕분에 대원들은 그를 쉽게 제압할 수 있었다. 이제는 문 때문에 신경이 쓰이기 시작했다. 하지만 엘리멘트로이드가 도시를 파괴하는 것을 막기 위해 다시 가야 했다.

마지막 엘리멘트로이드 뢴트게늄이 곧장 문이 있는 곳을 향해 오고 있었다. 그리고 최선을 다해 도시를 파괴하고, 아스팔트를 뒤집고, 안개 속으로 가는 길에 있는 모든 원소와 모든 것들을 줄이려 하고 있었다. 다행히 아무도 함부로 다가가지 않았다. 대원들은 단백질 구름으로 변해버리지 않고 그것에 충분히 가까이 다가가는 데 성공했지만, 아이오딘이 기계를 작동시키기도 전에 달아나버렸다.

"서둘러요! 다른 곳으로 주의를 돌리려면 사방에서 공격해야 할 겁니다." 악티늄이 입자 광선 공격 준비를 하면서 말했다. 운전하고 있는 코발트를 제외하고 모든 대원이 동시에 각자의 입자 광선을 쏘았고 뢴트게늄이 주의를 빼앗기면서 광선을 막기 위해 잠깐 멈췄다. 다음 순간 아이오딘이 파워를 줄였고, 아이언이 철 케이블로 공중에서 붙잡았다.

그것이 엘리멘트로이드 위기의 종말이었다. 하지만 이제 새로운 문제가 생겼다. 밀실은 무엇이고, 무엇이 들어있는 것일까?

▽ 14. 밀실의 암호

돌문은 닫혀 있었고, 허가받지 않은 누구도 들어갈 수 없었다. CSI도 포함이었다. 설퍼는 이 조치를 좋아하지 않았다.

"나 참! 우리가 세 번이나 도시를 구했는데 왜 들여보내 주지 않는 거야?"

"사실 우리가 오래된 공간을 수사해서 도시를 구한 게 아니라…굉장히 운이 좋았지. 백작들이 마법서 가져가는 걸 잊어버린 것처럼. 만약 가져갔다면 여기 앉아 지금처럼 얘기할 수도 없었을걸." 카본이 말했다.

"내가 일은 제일 많이 한 거 아니야?" 아이언이 말했다.

"그래. 인정. 그래서…저 방에 뭐가 있는지 아이디어 있는 사람?" 설퍼가 말했다.

"글쎄, 우리 생각에는 엘리멘트로이드들은 힘이 센 에너지원에 끌려. 그들이 센트럴 타워를 폭파해서 거의 무너뜨린 다음에 모두가 여기로 온 이유를 설명해주지. 그들이 주기율표에서 관심을 떼게 만들 만큼 충분히 강력한 무언가라는 의미지." 아이오딘이 말했다.

"그것 참 신경 쓰이네. 거기랑 연결되는 방법 생각나는 사람? 아니면 정부 수사기관과 연줄 있는 사람?" 실리콘이 물었다.

"나 한 명 알아. 옥시전이라고, 기억나? 칼슘성에서 실종됐던 원소 중 하나잖아. 그가 수사팀에서 일해. 우리 광산에 와서 연구를 같이 했었지. 주기율표를 되찾아온 다음 나한테 관심이 생겼대. 그리고…." 카본의 말을 아이오딘이 잘랐다.

"그럼 연락해 봐! 뭘 기다려?"

* * *

"여보세요? 오, 이봐, 카본, 잘 지내? 이 석재 벙커가 뭔지 알아내느라 조금 바쁘네…. 잠깐 기다려, 뭐?" 옥시전이 계단을 가로막고 있는 거대한 돌을 제거하느라 사용하고 있던 곡괭이를 내려놓고 통화에 집중했다.

"뭐라고? 거기 뭐가 있는지 알고 싶다고? 지금? 이봐요, 코발트, 이거 파낸 다음에 그들한테 말해도 되나요?" 옥시전이 바로 옆에 서서 계단이 무너져 내리는 것을 막기 위해 돌을 치우라고 소리치느라 바쁜 코발트 요원에게 물었다.

"글쎄, 우리가 이 비밀을 지킬 것 같진 않네요. 상관없어요." 코발트가 답했다.

"괜찮아. 일 끝내고 갈게. 거기! 만지지 마세요! 그래, 잘 있어!" 옥시전은 수사관(Investigator) 이리듐(Iridium)이 잘못된 돌을 옮겨 계단 아래에 있는 모두를 죽이는 걸 막으면서 말했다.

옥시전은 저녁 8시에 왔다. 그는 소파에서 카본을 깨워야 했다. 카본은 도시의 역사를 공부해 보려다 잠이 들었다. 최소 컴퓨터 상자 정도 되는 크기의 책 4권이 그의 주변에 쌓여 있었다. 그의 얼굴은 책의 '유물' 부분에 파묻혀 있었다.

카본이 일어나 집에 있는 시계를 확인한 뒤 그가 20분 동안 잠들었다는 걸 깨달았다. 그리고 연파랑 머리를 한 누군가가 의자 가운데 하나에 앉아 있는 걸 봤을 때, 옥시전이 도착했다는 걸 알아차렸다.

"여분 열쇠를 우편함 안에 넣어놓지 말았어야지." 옥시전이 말했다. "그런 속임수는 10년은 됐잖냐."

"맞아. 그러지 않도록 기억할게. 그래서 문 아래에 뭐가 있어?" 카본이 역사의 연무 속에서 빠져나오려는 듯 머리를 흔들며 말했다. 옥시전이 설명을 시작했다.

"그래서…이리듐과 내가 코발트 요원하고 계단으로 들어갔고, 계단을 가로막고 있던 몇 톤은 되는 돌을 치웠어. 그리고 벽장 정도 되는 크기의 조그만 석실에 다다랐지. 그리고 이 이상한 구조가 벽에 새겨져 있는 걸 발견했어. 내가 사진

찍었거든. 여기.” 옥시전이 주머니에서 흑백 사진을 꺼내며 말했다. 벽에 세 개의 직사각형 구획이 새겨진 방이 있었다. 하나는 비어 있고, 나머지 두 구획은 기호가 새겨진 판으로 채워져 있었다. 뭔가 새겨진 공간은 벽에서 돌출돼 나온 원기둥 주위로 균일하게 자리 잡고 있었고, 돌 손잡이가 달려 있었다.

벽에 붙어 있는 두 개의 판은 금속성이 아니라 돌 같다는 사실만 빼면 주기율표와 매우 비슷했다. 크기는 A2 종이만 했고, 표면에는 까만 네모가 있었는데 각 네모 안에는 하얀색 글씨가 새겨져 있었다. 그것은 매우 매끄럽고 평평했지만 명확하게 돌 같아 보였다. 첫 번째 판은 회색이 섞인 흰색이었고, 글씨가 쓰여 있었다. u d c s t b. 두 번째 판은 까만색이 섞인 붉은색이었고 e μ τ ve vμ vτ g y z w h 라고 쓰여 있었다.

“이게 무슨 뜻일까?” 카본이 말했다.

“모르겠어. 내일 가능하면 도서관에 가려고.” 옥시전이 말했다. “그리고 너도 수사해 봐야 해. 여기 머리가 더 필요해.”

다음날 설퍼는 친구 군사 공학자(Military Engineer) 망가니즈(Manganese)와 아침 뉴스를 보다가 망가니즈가 콜라 캔을 떨어뜨리는 것을 봤다. 설퍼는 망가니즈가 보고 있던 TV 화면을 살폈다. 뉴스 진행자(News Anchor) 나이트로젠(Nitrogen)이 눈을 목성만큼이나 크게 뜬 채 뉴스 원고를 읽고 있었다. 설퍼는 무슨 일인지 궁금해하다가 곧 이유를 알게 됐다. 뉴스 자막이 ‘우리 주변의 엘리멘트로이드들’이었다.

'뭐, 결국 뉴스를 터뜨렸네.' 설퍼는 생각했다. 안 하는 것보단 늦게라도 한 게 낫다고.

"저렇게 큰 뉴스를 숨겨오다니 믿을 수가 없네." 망가니즈가 말했다.

"그들도 이유가 있었겠지. 백작들이 도시를 거의 망가뜨린 직후에 비밀을 알리면 너무 파장이 클 거로 생각했을 거야." 설퍼가 말했다.

"넌 어떻게 알고 있는데?" 망가니즈가 물었다.

"나…는 뭐, 도시가 저 새로운 것들이 나타나기 전부터 엘리멘트로이드에 대해서 준비해 왔다는 걸 알았고, 카본이 그 둘과 둘을 합쳐서 진실을 알아냈지. 시장은 위기가 끝날 때까지 비밀로 하라고 요청했고."

"…뭐라는 거야?" 망가니즈의 표정이 혼동과 불신으로 뒤섞였다.

"그냥…저기, 네가 화났다면 미안해. 하지만 이번 위기는 진짜야." 설퍼가 말했다.

"난 화 안 났어. 네가 숨긴 건…뭐? 일주일? 그들은 1년이나 그걸 숨겼어. 그래, 이유가 있었겠지. 하지만…이걸 좀 곰곰이 생각해 볼 시간이 필요해." 망가니즈가 말했다.

"적어도 그들이 우리한테 위험은 아니야." 설퍼가 말했다. "그리고 그들을 그냥 내칠 수도 없어. 우리가 할 수 있는 최선은 그냥 함께 가는 거야." 설퍼가 말했다.

"음. 내 생각엔…네가 맞아. 비밀은 밝혀졌고, 이제 결과에 집중할 필요가 있어. 그런데도 이 문제를 잘 생각할 필요는 있어. 덧붙이자면 난 위기가 완전히 끝났다고 생각하지 않아."

설퍼는 어떤 위기가 닥칠 수 있을지 궁금했고, 망가니즈가 밀실에 관해 이야기하고 있다는 걸 알아챘다.

"우리 모두 시간이 필요해. 그건 확실해."

한편 옥시전은 도서관에서 사서(Librarian) 리튬(Lithium)을 만나고 있었다. 그녀는 곱슬곱슬한 밝은 검은색 머리카락과 붉은색 눈을 갖고 있었다.

"이런 기호가 있는 오래된 책이 필요한데요. 본 적 있어요?" 설퍼가 사진을 보여주며 물었다.

"아뇨. 책이 워낙 많아서 모두 기억할 수는 없지만, 고대 문서 구역으로 안내할 수 있어요. 하지만 윗사람의 허락이 필요해요." 리튬이 답했다.

"나트륨에게 전화할게요." 옥시전이 말했다. "그녀는 고대 문서 구역에서 일하거든요." 몇 분 후 그들은 종이 타는 냄새가 가득한 방에 있었다. 250년 전, 130년 전, 40년 전 같은 라벨이 붙은 상자가 가득 들어찬 책장 세 개가 있었다. "오래전 일이기 때문에 문서가 많지 않아요. 녹을 수 있으니 조심히 다루세요." 리튬이 고대 문서로 안내하며 말했다. 그녀는 장갑을 나눠준 다음 조심스럽게 알루미늄 상자를 꺼냈다. 그녀는 세 자리 비밀번호의 자물쇠를 열고 플라스틱 덮개에 싸인 각 종이를 조심스럽게 꺼냈다. 옥시전은 졸음을 참으며 모든 과정을 지켜보았고, 나트륨은 매료된 것처럼 보였다. 그리고는 모두 서류를 꼼꼼히 살펴보기 시작했다. 5분 후, 옥시전이 단서를 찾았다.

"여기, 이것 좀 봐." 표면에 흠집이 약간 있는 것 말고는 놀라울 정도로 온전한 종이를 들고 옥시전이 말했다. 그것은 전혀 아무것도 쓰여 있지 않고 완전히 비어 있었다. 그러자 옥시전이 흠집 하나를 가리켰다. 조금 다르게 생겼는데 자세히 보니 구멍이었다. 구멍 안쪽 부분은 질감이 다르고 조금 더 하얗게 보였다. 옥시전은 망설임 없이 살살 외피를 들어 올려 비밀 페이지를 찾아냈다. 이것은 더 오래되고 더 부식된 것처럼 보였지만 알아볼 수 있는 그림이 있었다. 세 개의 직사각형에 석실에 있는 판과 똑같은 표시가 그려져 있었다. 하지만 벽에서 비어 있던 공간이 채워져 있었다.

모두가 알아보는 그림이 그려져 있었다.

주기율표였다.

침묵이 방을 채웠다.

▽ 15. 뜻밖의 문서

유물(Artifacts) 담당 아스타틴(Astatine)과 부원들이 비밀문서를 가져가는 작업을 맡았다. 그날 밤 CSI는 아이오딘의 집에 모여 옥시전이 찾아낸 문서를 살짝 볼 수 있는 방법을 생각하고 있었다. 같은 시간 역사가 하프늄과 코발트 요원, 악티늄, 옥시전은 센트럴 타워 12층에서 문서 해독을 시도하고 있었다.

"et latitudinem portæ trium isque unus Deus aperiat." 악티늄은 손상된 종이에서 알아볼 수 있는 몇 단어를 바라보며 말했다. "무슨 뜻인가요?"

"세 석판을 합치는 자가 신의 문을 열리라." 하프늄이 말했다. "라틴어입니다."

"이 그림은 세 석판이 결합한 것을 보여주는 것 같지만 그것이 우리가 아는 전부입니다. 이 문서는 아주 오래됐어요." 코발트가 말했다.

"내일 리튬의 다른 문서를 살펴봐야 할 겁니다. 그러나 이것은 주기율표가 빈 곳에 들어가야 한다는 걸 보여줘요. 맞죠? 어쩌면 우리는 시도를…." 옥시전이 말했다. 악티늄이 그의 말을 막았다.

"1년 전처럼 도시를 파괴하기 위해 도시의 힘의 원천을 빼내진 않을 겁니다!" 그는 불쾌한 듯 말했다. "원소들의 도시에 사는 118개 원소 누구도 파괴하지 않을 것이라고 확신할 때까지 우리는 주기율표를 그 구멍에 넣지 않을 것입니다. 알겠습니까?"

짧은 침묵 끝에 모두가 고개를 끄덕였다.

다음 주 CSI는 나트륨과 함께 도서관에 가서 나머지 문서-유물 부서가 문서 대부분을 가져갔다-에서 단서를 찾으려고 노력했다. 그들은 우연히 익숙한 책을 발견했다.

"이 책 생각나. 백작의 마법서 아냐?" 아이오딘이 알루미늄 상자에서 꺼낸 책을 들고 말했다.

"우리는 마법서를 찾는 것이 아냐. 역사 문서를 찾으려는 거지. 그거 내려놔." 실리콘이 말했다.

"그렇게 빡빡하게 굴지 마. 야, 나 좀 보자. 옥시전이 지난주 마법서를 봤다고 말해줬어." 카본이 흥미를 보이며 말했다.

그는 1년 전 싸웠던 전투를 떠올리면서 책장을 넘기기 시작했다. 책에 있는 주문을 유심히 살펴보다가 글자들 사이에서 뭔가를 본 것 같다는 생각이 들었다. "왜 여기 E만 자주색 잉크로 쓰여 있지? 나머지는 녹색으로 쓰여 있는데."

"잘 모르겠지만 비밀 메시지가 의심된다면 행운을 빌어." 설퍼가 세숨이 쓴 '이 세상의 모든 역사' 책을 넘기며 말했다. 카본이 책을 넘기기 시작했고 자주색 잉크로 쓰인 더 많은 글자를 찾아냈다. 그는 글자를 하나씩 적기 시작했고, 2분 만에 메시지가 나타났다.

WEARENOTEVILTHETRUTHISINTHECOVER

"우리는 악하지 않다. 진실은 표지에 있다." 설퍼가 말했다.

"저기요." 카본이 모든 것을 지켜보고 있던 사서 리튬에게 말했다. "이거 잘라내도 될까요?"

리튬이 의료용 가위로 조심스럽게 잘라냈다. 그 안에는 미세한 글자가 적힌 작은 메모가 숨겨져 있었다.

이 글을 읽고 계신다면 아마 추방된 라이트 백작과 히트 백작에 대해 들어보셨을 것입니다. 당신은 우리를 도시를 파괴하려는 배신자로 알게 될 것입니다. 그러나 그것은 크게 잘못된 것입니다. 석실과 두 개의 석판에는 우리가 가진 것보다 훨씬 더 많은 힘, 바로 현실을 통제하는 데 사용할 수 있는 상상할 수 없는 힘이 들어 있습니다. 우리는 잘못을 해서 추방

된 것이 아닙니다. 우리는 석판에 대해 알아보려 했다가 추방 된 것입니다. 그들은 그것이 우리 모두에게 파괴를 가져올 것으로 생각했습니다. 어리석은 자들이죠. 우리의 임무를 끝내고 통합을 완성하십시오.

"석판! 이게 백작이 찾던 거야! 석실로 가기 위해 도시를 침공했었어! 석판과 파워-그들에게 경고해야 해!" 실리콘이 말했지만, 그들은 방해를 받았다. 주기율표가 사라져 처음 정전이 됐던 것처럼 모든 불이 꺼졌다.

▽ 16. 세 개의 석판

몇 분 전.

센트럴 타워 밖에 선글라스와 스카프로 얼굴을 가린 낯선 이가 나타났다. 경비병 게르마늄이 다가갔지만, 검은색 연기 공격에 쓰러졌다. 게르마늄이 의식을 잃기 전 마지막으로 본 것은 낯선 이가 붉은 연기를 터뜨리고 사라지는 모습이었다.

낯선 이는 시 금고 안에 곧바로 나타났다. 스칸듐과 몰리브덴이 그를 막으려 했지만, 그는 손에서 파란색 기체를 내뿜어 그들을 순식간에 제압했다. 그리고는 안으로 들어가 주기율표를 잡았다.

몇 분 뒤 낯선 이는 석실 바로 앞에 도착했다. 원소 파워로 경비병을 빠르게 눕히고 안으로 들어갔다.

그가 비어 있던 구멍에 주기율표를 끼웠다. 세 석판이 모두 석실의 구조물에 끼워졌다.

그리고 폭발이 일어났다.

* * *

CSI가 달려가 혼돈을 목격했다. 낮이어서 모든 것을 선명하게 볼 수 있어야 했는데도 시야가 좋지 않았다. 무수히 많은 빛의 공이 건물과 거리에 부딪히고 있었다. 그리고 끊임없이 다양한 형태의 괴수로 변신하는 괴물들이 도시를 공격하며 폭파하고 있었다. 1년 전 유령 백작들이 도시를 공격했을 때보다 더 나쁜 상황이었다.

"빨리! 시 금고로 가야 해." 설퍼가 센트럴 타워를 향해 달려가며 말했다.

"왜?" 실리콘이 물었다.

"인정하기 싫지만 우리는 백작들이 필요해. 그들은 석판에 대해 알고 있었어. 그들이 시 금고 안에 있잖아."

"그런데 전력이 끊겼다면 주기율표도 도둑맞지 않았을까? 백작들을 가둬 놓은 상자는 괜찮을까?" 요오드가 말했다.

"아마도. 하지만 이게 우리의 마지막 희망이야. 상자를 반드시 찾아야 해." 설퍼가 몸을 돌려 더 빨리 뛰기 시작했다.

나머지는 불평하면서 뒤따랐다.

CSI는 시 금고에 도착했다. 새까만 존재들이 도시를 날아다니면서 앞에 있는 모든 것을 파괴하고 있었다. CSI는 그들을 피하려고 어둡고 좁은 길을 곡예 하듯 빠져나가야 했다. 문은 열 필요가 없었다. 바닥에 거대한 구멍이 나 있어 그리로 그냥 내려갔다. 그들이 본 것은 좋지 않았다. 스칸듐과 몰리브덴이 바닥에 쓰러져 있었고 작은 핏자국이 벽과 천장, 바닥에 나 있었다. 이들이 방에서 반복적으로 던져진 것 같았다. 아이오딘은 이들을 살피기 위해 남았고, 나머지 대원들은 금고 안으로 갔다. 전자레인지 크기의 금 상자가 있었다. 정확히 말하면 상자의 잔해였다. 그것은 터져서 열려 있었다. 단단한 금이 쪼개져 열려 있고 반쯤 녹아 있었다.

"주기율표를 가져간 원소가 이 상자를 열려고 했었나 보네." 카본이 추론했다.

"주문 기억나? 우리가 썼던 그…." 설퍼가 말했다. 하지만 그의 말은 중단되었다.

"누가 주문이 필요하대?" 아이언이 쇠지레대로 남은 금속을 강제로 연 다음 레이저 커터로 자물쇠를 반으로 갈라 뚜껑을 들어 올리면서 말했다.

방이 즉시 빛과 엄청난 온도의 열로 가득 찼다. 다행히 금방 가라앉았다. CSI는 다시는 보지 않기를 바랐던 모습을 보았다. 흰 머리와 턱수염을 기른 이와, 파랗고 빨간 머리를 어깨까지 늘어뜨린 이였다.

"여러분의 도움이 필요합니다. 싫지만 그러고 있네요." 설퍼가 입술을 깨물며 말했다.

"알아요. 상자 안에서 요란한 소리를 들었어요." 라이트 백작이 말했다. 히트 백작은 붉은색과 파란색의 무서운 눈으로 CSI를 바라보고 있었다. "박물관으로 모실게요. 괴물을 제어하도록 설계된 장치가 거기 있어요."

그때 지하실로 거대한 형체가 떨어졌다. 거대한 검은 물질 덩어리였는데, 금세 알아볼 수 있는 형태로 변했다. 코끼리 크기의 북극곰으로 피부에 얼음 가시가 있고 눈은 새까맸다.

"나이트로젠 괴수." 카본은 혐오와 두려움으로 짐승을 바라보며 말했다. "다시는 보지 않기를 바랐는데."

짐승이 달려들었다.

다행히도 히트 백작이 나섰다. 백작이 불덩어리를 괴수에게 던졌고, 불이 얼어붙은 몸에 닿아 증기가 형성되면서 괴수는 갑자기 눈이 멀었다. 히트는 본 적이 없는 주문을 썼다. 액체 유리 같은 투명한 물질을 만들어내 괴수에게 곧바로 쏘았다. 물질이 괴수의 몸에 닿자마자 피부를 따라 뻗어나가기 시작하면서 동시에 고체로 굳어지기 시작했다. 괴수가 투명한 고체에 완전히 갇혔다.

"오래가지 않아요. 갑시다." 히트가 처음으로 말을 한 다음 하얀 안개를 터뜨리며 사라졌다. 그런 다음 라이트 백작이 CSI를 데리고 순간 이동했다. 다음 순간, 그들은 크기가 모두 다른 상자가 줄지어 늘어선 거대한 방에 있었다. 그들 앞에는 컴퓨터가 있었다.

"나 대신 타자해줄래요?" 라이트 백작이 기체로 된 손을 내밀며 말했다.

"그러죠." 설퍼가 다음을 입력했다. '라이트 백작과 히트 백작.'

컴퓨터가 위치를 표시했다. F18.

"갑시다!" 아이언이 구획 F를 향해 달려가면서 말했다.

그들은 나무 상자 아래 묻힌 상자를 발견했다. 그들은 상자를 조심스럽게 열고 안을 들여다보았다. 금속 실린더에 튜브가 연결돼 있고, 실린더는 유리병과 이어져 있었다. 유리병에서는 액체 유리로 보이는 것이 꿀처럼 천천히 흐르고 있었다. 분사구가 달린 실린더에는 작은 방아쇠가 달린 작은 손잡이가 붙어 있었다.

"방아쇠를 당겨야 하나요?" 아이언이 물었다.

"맞아요. 괴물의 어느 부분이든 조준한 다음 발사해요." 라이트 백작이 말했다.

때맞춰 불덩어리 두 개가 창고로 쳐들어왔다. 아이언은 즉시 방아쇠를 당겼지만 녹슬고 삐걱대기만 했다. 아이언은 기계가 작동할 때까지 계속해서 방아쇠를 당겼다. 튜브에서 액체 줄기가 튀어나와 벽에 튀었다. 그것은 단단하고 투명한 물질로 굳어졌다.

"나한테 줘!" 설퍼가 아이언의 손에서 기계를 빼앗은 다음 건물에 충돌한 뒤 감각을 되찾아 형체를 갖춰가고 있는 불덩어리에 완벽히 정확하게 발사했다. 투명한 액체가 불덩어리에 맞자마자 검은 표면으로 뻗어나갔다. 이제 그것들은 안에 검은 물질이 들어 있는 유리 덩어리가 되었다.

"저것들은 뭔가요? 진짜 괴수는 아닌데, 맞죠?" 실리콘이 물었다.

"아니에요. 저것들은 입자 괴물이에요. 세 석판을 합쳐야 하는 존재죠. 석판의 힘이 흘러넘치고 있어요."

"우리 석실로 가야 하는 것 같아요." 카본이 말했다.

"맞아요." 라이트 백작이 카본을 가리켰다. "이분이 생각할 줄 아는군요."

"당신한테서 칭찬받을 필요는 없어요." 카본이 말을 잘랐다.

"동의해. 우리가 실제로 거기에 가려면 빈틈없이 계획을 짜야 해. 거리는 지금 대혼돈 상태일 게 분명하니까." 설퍼가 말했다. 그의 말이 맞았다. 검은 존재가 만들어놓은 거대한 벽의 구멍으로 내다보니 굴착기만 한 딱정벌레가 소파보다도 큰 집게발로 가로등을 씹어 먹고 있었다. 벌레의 몸체는 은색 금속으로 덮여 있었다.

"아이언 괴수야." 아이언의 눈을 천천히 크게 뜨면서 말했다. "아마 내가 진정시킬 수 있을 거야." 그가 이 말을 하자마자 딱정벌레가 몸을 돌려 CSI와 눈이 마주쳤다. 수천 개의 렌즈로 구성된 눈에서는 아무런 감정도 느낄 수 없었지만, CSI는 시선에서 적대감을 읽을 수 있었다. 아이언이 앞으로 나서 손을 뻗고 손바닥을 보였다.

"진정해. 우리는 친구…." 아이언은 거기까지만 말할 수 있었다. 딱정벌레가 몸을 구부리더니 꼬리로 녹은 철 줄기를 아이언에게 곧장 발사했다. 아이언은 벌레가 공격할 준비를 하기 시작한 걸 보자마자 뒤로 뛰기 시작했다. 1m 차이로 몸이 빨간 웅덩이로 변하는 것을 피해 나갔다. 아스팔트가 녹기 시작해 검은색 연기가 나더니 빛나는 액체 웅덩이가 도로에서 부글거리고 있었다. 카본이 그때 아스팔트의 성분이 무엇인지, 그가 수은의 땅에서 뭘 했었는지 기억해 냈다.

그는 손을 뻗은 다음 웅덩이에서 생각에 집중해 녹고 있는 아스팔트를 들어 올렸다. 검은색 구체가 허공에 떠서 찐득하게 녹은 아스팔트와 철을 뚝뚝 떨어뜨리고 있었다. 카본은 이것을 딱정벌레의 얼굴로 던졌다. 벌레는 떠다니는 검은색 구체를 궁금한 듯 바라보다가 아스팔트 방울에 얼굴을 정통으로 맞았다. 수천 도 온도의 금속이 얼굴을 천천히 부식시키기 시작하면서 딱정벌레는 고통 속에서 본능적으로 쉭쉭거림과 으르렁거림의 중간쯤 되는 소리를 냈다. 본체의 크기 때문에 그 소리는 신경 쓰이도록 컸다. 잠깐 씰룩거리더니 딱정벌레가 무너졌다. 우레같이 우지끈하는 소리로 땅이 흔들렸다. 그리고 몸은 천천히 검은색 안개로 기화되면서 사라졌다.

"멋진 샷이었어요." 라이트 백작이 말했다.

"닥쳐요." 카본이 쏘아댔다.

▽ 17. 입자 구름

"석실에 접근할 더 안전한 방법이 필요해." 설퍼가 말했다. "석실 주위 도로는 시 중심 지역이라 더 넓어서 죽을 가능성이 더 커."

"이것들을 진짜 놓아주고 싶어?" 실리콘이 말했다. "그들은 거의 당신들만큼이나 최악이에요. 거의."

"이건 기대하지 않은 결과였어요." 히트 백작이 말했다. 그녀는 오랫동안 말하지 않았기 때문에 대원들은 조금 놀랐다. 이제 두 번째 목소리를 듣고 나서야 그녀가 분명히 여성이란 걸 알 수 있었다.

"그들을 더 안전하게 잡을 방법을 알 것 같아." 카본이 말했다.

“어떻게?” 설퍼가 말했다.

“하수도. 석실 바로 옆에 다용도 작업 구멍이 적어도 하나 있다는 건 확실히 알아.” 카본이 말했다.

“온라인으로 찾아볼게. 괴수들이 통신망은 부수지 않았길 기대해보자.” 실리콘이 상의 주머니에서 스마트폰을 꺼내며 말했다.

다행히 인터넷은 손상되지 않았다. 그들은 입자 아이언 괴수가 씹어서 160도로 휘어진 가로등 바로 옆에 하수도 입구가 있는 것을 찾아냈다.

“내가 앞에 설게. 우리는 주로 숨어야겠지만 필요하다면 맞서 싸울 거야.” 설퍼가 하수구로 향하는 다용도 구멍을 내려가면서 말했다. 나머지는 뒤따랐다. 설퍼가 사다리를 내려가기 직전에 그는 지휘자(Conductor)[24] 실버(Silver, 은)가 2층 창틀에서 그를 내려다보는 것을 봤다. 설퍼가 그를 발견했을 때 실버가 엄지손가락을 들어보였다.

설퍼는 고개를 끄덕여 보이고 하수도 터널로 내려갔다.

몇 분 뒤 대원들은 이상한 존재를 마주쳤다. 수백 개의 아주 작은 입자가 구름 형태로 고요하게 떠다니고 있었다. 안개는 CSI를 공격하지는 않았지만 길을 가로막고 있었다.

“이것들 위험한가요?” 설퍼가 라이트 백작에게 물었다.

“우리가 저 석판을 깊이 공부하진 않았어요. 뉴트리노나 뮤

24 도체라는 뜻도 있다. 은의 전도율이 높다는 중의적 의미로 쓰였다.

온 같은 일부 남겨진 입자일 겁니다.” 라이트 백작이 말했다. “다행히 그들은 사납지 않아요. 그들이 지나갈 때까지 기다립시다.”

“뉴트리노가 뭔가요?” 아이언이 물었다.

“우리도…몰라요. 말한 것처럼 우리가 관심 있는 거에만 집중하거든요. 쿼크 같은 것들이요.” 라이트 백작이 답했다.

“쿼크는 뭐고요?” 아이언이 또 물었다.

“전자와 다른 것들을 만드는 물질이에요. 그냥…질문 좀 그만 해요.” 라이트 백작이 말했다.

“그게 당신을 성가시게 한다면 계속 질문을 계속하고 싶네요. 이 악마 같은 신체 도둑 같으니” 아이언이 말했다. 그는 백작에게 몸을 빼앗긴 경험 때문에 아직도 억울해했다.

20분 정도 걸려–그동안 아이언은 계속 백작에 대해 욕을 했다–석실 근처에 도착했다. 설퍼가 밖을 보고 욕을 했다.

“뭔데?” 실리콘이 밖을 내다보며 말했다. 변신하는 괴수 10여 마리가 방을 지키고 있는 게 보였다.

“어떻게 저 망할 존재들은 형상을 계속 바꿀 수 있는 거지?” 아이언의 목소리는 혐오와 증오, 호기심이 뒤섞여 있었다.

“그것들은 쿼크, 글루온, 파이온이에요. 결합해 원소를 생성하지요. 글루온은 쿼크를 서로 붙여서 프로톤이나 일렉트론 같은 입자를 만들지요. 그 입자들이 있으면 그들은 원하는 어떤 원소도 만들 수 있어요. 우리는 그들을 모퍼(Morpher)

라고 부르지요. 쉽게 변신동물이라고 합시다. 당신들은 히트의 도움이 필요할 겁니다. 상처받을 몸이 없고, 상대를 얼리는 주문을 사용할 수 있으니까요." 라이트가 말했다.

"나는 이게 미친 짓이라고 99% 확신해요." 설퍼가 말했다. "하지만 어쩔 수 없죠. 이렇게 합시다." 그는 하수구를 기어 나왔다. 히트가 뒤따랐다.

모든 변신동물들이 설퍼와 히트가 나오는 것을 보고 몸을 돌렸고, 각자 다른 모양으로 변해 돌진해왔다. 하이드로젠 괴수를 피해 설퍼가 화염을 내뿜으며 기계를 발사했다. 한 마리를 잡았다. 히트가 허공을 떠돌며 조용히 변신동물들을 공격했다. 설퍼는 히트가 쉽게 싸우는 것을 보고 욕을 했다. 하지만 설퍼는 카본 괴수의 모양을 한 또 다른 변신동물을 향해 총을 쏴야 해서 뿌루퉁할 시간이 없었다. 이 변신동물은 몸체가 다이아몬드와 화강암으로 이뤄진 거대한 늑대 모양이었다. 괴수가 입을 벌리고 울부짖었지만, 설퍼는 그것을 쏘아 쓰러뜨렸다. 무기 공학자로서의 그의 경력이 진가를 발휘했다. 그는 무기를 제작하면서 스스로 성능을 시험했고, 변신동물을 상대하는 것만큼 어려운 일을 겪으면서 위험을 피하고 목표를 정확히 조준하는 기술이 시간이 지날수록 향상됐다. 그는 실리콘 괴수의 꼬리 공격을 피하려고 뛰어올랐고, 마지막 변신동물을 얼렸다.

"굉장했어!" 아이언이 하수구를 빠져나오면서 소리쳤다.

"들어가자. 그리고 카본, 너는 남아서 이 두…생명체를 지켜봐." 설퍼가 백작을 가리키며 말했다. 라이트는 어깨를 으쓱해 보였다. 그들은 석실로 걸어 들어갔다. 정확히 말해, 적어도 시도했다. 2~10초마다 새로운 괴물이 튀어나왔기 때문에 방을 둘러싼 검은 안개 속으로 걸어 들어가는 내내 그들을 쏴야 했다. 방에 들어가기까지 몇 분 동안이나 어둠 속을 걸었고, 이 모든 것의 배후에 있는 원소를 보았다.

▽ 18. 배신

“옥시전?” 설퍼의 눈이 피자 접시만큼 커졌다. 하지만 놀라움은 오래가지 못했다. 히트 백작이 갑자기 붉은 연기 덩어리를 만들어 쓰러뜨렸기 때문이다. 충격파가 석실 전체를 흔들고 먼지와 함께 돌무더기가 무너져 내렸다. CSI는 모두 벽으로 날아가 충돌했다. 아이언은 어깨가 심하게 부서지는 소리를 들었다.

“대체 왜 그들을 믿은 거야?” 아이언이 고통스럽게 신음하며 말했다.

“맞아, 참 어리석은 일이었지.” 라이트 백작이 천천히 세 개의 석판으로 날아가면서 말했다. 옥시전에 고개를 끄덕이고는 세 개의 석판-주기율표, 붉은색 석판, 흰색 석판 가운데에 있는 손잡이를 자신의 오른손으로 쥐었다. 나머지 한 손은 흰색 석판 위에 두고 손잡이를 돌렸다. 석판에서 여러 빛깔의 빛의 광선이 나왔다. 빛이 걷히자 그들은 옥시전이 우라늄이 그랬던 것과 똑같은 방식으로 빛나는 것을 볼 수 있었다. 하지만 이번에는 훨씬 더 강력했다. 옥시전은 말 그대로 힘을 뿜어냈다. 카본의 피부가 증발하는 것 같았고 눈은 녹아내리는 것 같았다. 힘이 그들을 증발시키려 할 것처럼 유령들조차 깜박거리고 있었다. 그들의 얼굴은 긴장돼 보였다.

"너희들은 우리를 풀어 주지 말았어야 해. 하지만 자, 너희들은 여기에 있지. 남은 시간을 잔해 속에 파묻혀 지내라고. 안녕히!" 백작들이 계단 위 천장으로 화염의 공을 던졌다. 천장이 계단 위로 무너져 내리면서 탈출로를 막았다. 백작들과 옥시전이 흔적도 없이 사라졌고, 천장 전체가 무너졌다.

고맙게도 아이언이 천장을 지지할 철봉을 땅에서 빠르게 만들어냈다. 천장이 무너졌고 막대가 떨렸지만 버티고 있었다. 카본이 빠르게 입자 광선을 쏴 철봉을 탄소강으로 만들어 강화했다. 아이언은 배낭을 열고 내용물을 뒤지기 시작했다.

"옥시전이 왜 그들을 도왔을까?" 설퍼가 고통으로 앓는 소리를 내면서 말했다.

"유령들한테 몸을 빼앗겨서 영혼이 유리공 안에 갇혀 있을 때 백작이 그에게 일종의 표식을 남긴 게 아닌가 싶어. 거기에 가장 오래 있었잖아. 그가 왜 그렇게 석실에 대해 알고 싶어 했는지가 설명돼. 젠장, 그 망할….” 카본이 말을 끝내기 전에 멈췄다. 두 번째 공격이 닥쳤다.

이번에는 누군가가 천장을 아래로 누르는 것 같았고, 쇠막대가 삐걱거리며 무너지려 했다. 막대기가 구겨졌고, 천장이 무너졌다.

CSI가 석실 바로 옆에 나타났다. 정확하게는 석실이 있던 곳이었다. 남은 것은 무너진 아스팔트와 잔해뿐이었다. 라이트 백작은 CSI가 석실 밖으로 순간 이동한 것에 놀란 표정을 지었고, 아이언이 그의 마법서를 들고 있는 것을 보고 눈을 찌푸렸다. 그의 얼굴은 악마의 덫에 감겨있는 듯했다.

“너희들은 죽이기 너무 힘들군.” 그가 옥시전에게 고개를 끄덕여 보이자 옥시전이 쿼크 테이블-흰색 석판을 이용해 3마리의 변신동물을 소환했다. 그들은 라듐, 하이드로젠, 플루토늄 괴수(불타는 눈을 가진 거대한 금속 새)로 변해 CSI에 달려들었다. 불행히도 설퍼가 방에 총을 두고 왔다. 달리는 것 말고는 선택의 여지가 없었다.

백작들은 변신동물들이 CSI를 쫓는 것을 바라보며 얼굴에 미소를 보였다.

“위대한 일들은 단순한 생각의 조합으로 이룩될 수 있지.” 라이트 백작이 말했다.

“왜 옥시전이 저 석판들을 합친 거지? 네 아이디어를 심었던 것인가?” 히트 백작이 물었다.

“의도적인 것은 아니었어. 우리가 그의 몸을 흡수했을 때

내 생각과 그의 마음이 융합되었지. 그의 영혼이 너무 오랫동안 몸에서 분리돼 있었던 탓에 분해되기 시작하고 있었을 때 내가 접촉하면서 내 것과 합쳐졌던 거야."

"우리가 기대했던 것보다 훨씬 일이 잘됐어." 히트가 답했다. 그리고는 옥시전에게 말했다.

"우리에게 몸을 만들라."

옥시전이 잠시 붉은 빛으로 빛나더니 빛나는 입자 덩어리를 소환했다. 입자들이 백작들의 희미한 윤곽을 따라 모여들었고, 빛이 잦아들고 그들은 수백 년 동안 거의 갖지 못했던 몸의 감촉을 느끼며 육체의 형상을 흡족하게 바라보았다.

"이제 센트럴 타워를 파괴해야 해. 마침 복수하기 좋은 때이군." 라이트가 말했다.

"찢어져서 뛰어!" 변신동물에게 쫓겨 거리를 따라 달리고 있을 때 설퍼가 소리치자, 설퍼, 카본, 실리콘, 아이오딘과 아이언은 두 갈래로 나뉘어 뛰었다. 아이언은 팔이 부러져 아무것도 하지 못하고 변신동물들이 다른 원소들을 쫓는 동안 도망쳐 달아났다.

"난 변신동물들이 싫어!" 실리콘이 소리쳤다. 그녀는 새하얗고 뜨거운 광선이 괴물과 만나 검은 먼지로 폭발할 때까지 계속해서 도시를 질주했다.

"모스코븀?" 설퍼가 인공원소를 바라보며 말했다.

"이제 괴물을 데려가겠습니다." 모스코븀이 처음으로 말했다. 놀라울 정도로 건강한 목소리였다. 그의 몸은 하얀 화염에 둘러싸여 있었다.

* * *

“이 녀석들을 괴물을 상대할 무기로 쓰게 될 거라고는 생각도 못 했어요.” 코발트가 센트럴 타워 옥상에 서서 라이트 백작이 점점 더 많은 변신동물을 소환하는 족족 엘리멘트로이드의 방어선이 괴물의 머리를 날려버리는 것을 지켜보며 말했다.

“모르겠습니다. 백작이 대규모 공격을 가하려는 것 같군요. 모든 변신동물이 이쪽으로 오고 있어요.” 악티늄이 GPS 실에서 라디오로 이야기했다.

한편 CSI는 엘리멘트로이드들이 변신동물을 물리치고 난 다음 잔해를 파헤치고 있었다. 실리콘은 암석을 파내고 있었고-대부분 암석은 규소와 산소로 이루어져 있다-카본은 아스팔트를 들어 올리고 있었다-아스팔트는 카본으로 만들어지는 석유가 주성분이다. 설퍼와 아이오딘은 일부 돌을 줍고 있었고 아이언은 그들 바로 옆에 서 있었다. 그의 팔은 카본이 그를 위해 만들어 준 탄소 섬유 팔걸이에 놓여 있었다.

10분 정도 팠을 때-모든 괴물이 센트럴 타워로 몰려가고 있어서 그들에겐 시간이 많았다-마침내 총을 찾아냈다. 정확하게는 총의 잔해였다. 돌무더기가 총을 알아보기 힘든 형태로 짓이겨 놓았다. 설퍼는 악티늄보다 더 심한 욕을 했다.

하지만 찾아낸 것은 더 있었다. 주기율표와 빨간색 석판이었다. 흰색 석판은 어디에도 보이지 않는 걸로 보아 백작이 가져간 것 같았다.

"그들이 쿼크 테이블을 사용하면 원하는 모든 원소를 만들 수 있어. 우리가 질 거야." 아이오딘이 말했다.

"이건 어때? 이것도 충분한 힘을 갖고 있나?"

"모르지. 백작도 몰라. 그들은 글루온이랑 다른 것들을 언급했지." 설퍼가 말했다.

"글루온?" 실리콘이 말했다.

"응, 뭐?" 설퍼가 말했다.

"아마도 그들을 물리칠 방법이 있는 것 같아." 실리콘이 말했다.

▽ 19. 최후의 전투

"그럼 말해! 아니면 우리 모두 죽는다고!" 카본이 소리쳤다. 그는 신경쇠약 직전이었다.

"쿼크와 글루온이 서로 만나 원소를 만든다고 했잖아. 그러면 이 석판에 있는 입자가 입자나 다른 것들 사이에 연결을 파괴할 수도 있어."

"그건 사실 그다지 신뢰할만한 계획은 아니지만, 그래도 이건 입자 석판이잖아." 설퍼가 말했다. 그는 붉은색 석판을 벽에 새겨진 프레임에 끼워 넣은 다음 왼손을 그 위에 놓고, 손잡이를 돌렸다. 즉시 그는 입자 안개와 그의 주변을 날아다니는 빨강, 파랑, 자주, 분홍색 먼지로 뒤덮였다.

"백작들은 어디 있지?" 실리콘이 물었다.

"아마도 센트럴 타워에 있을걸. 모든 괴물들이 그쪽으로 달려갔거든." 카본이 말했다.

"그럼 이거 해보자!" 설퍼가 두 주먹을 맞부딪히며 말했다.

그들은 센트럴 타워에 도착했고, 엉망진창인 모습을 보았다. 괴물과 싸우는 엘리멘트로이드는 말할 것도 없었다.

"지금 보고 있는 걸 믿을 수가 없네." 실리콘이 말했다.

"나도. 하지만 그들은 괜찮아. 백작들에게는 어떻게 가지?" 카본이 말했다.

"설퍼, 센트럴 타워로 순간이동 해서 그들을 좀 막아 봐. 우리가 그들을 물리칠 때 썼던 상자를 챙길게." 실리콘이 말했다.

"그래." 그리고 아이언이 정전이 났을 때 도서관에서 챙긴 마법서에 나오는 주문을 이용해 모두가 순간 이동했다. 설퍼는 전투를 위해 달려갔고, 카본과 실리콘, 아이오딘은 시 금고 속으로 뛰어내렸다. 아이오딘은 마법을 몰랐기 때문에 행동에서는 빠져 있었다.

"그 위에 무슨 일이에요?" 몰리브덴이 몸에 멍이 여러 개 든 채로 신음을 냈다. 그의 입술은 벌어져 있었고, 뺨에는 핏자국이 보였다.

"뭔가 안 좋은 거요. 스칸듐, 괜찮아요?" 카본이 물었다.

"네, 고마워요. 나와 동료들이 그 망할 옥시전 때문에 천장에 반복적으로 부딪힌 걸 빼면요. 그는 어떻게 된 거예요?"

스칸듐이 말했다.

"옥시전은 백작들에게 빙의됐어요. 설퍼가 그들을 막고 있는데, 우리는 그 상자가 필요해요." 실리콘이 상자로 달려갔다.

전장에서 악티늄, 코발트, 마그네슘은 암울했다.

"엘리멘트로이드들이 지쳐가고 있어요. 그리고 적들은 더 많은 괴물을 만들고 있고요. 마지막으로 한마디 할래요?" 코발트가 말했다. 악티늄은 원자핵 주위를 도는 전자의 속도로 저주를 퍼붓고 있었다(정말, 정말 빨랐다). 마그네슘은 말 그대로 터질 것 같았다. 그의 피부는 빛나고 머리카락에서는 불꽃이 튀었다. 코발트는 그와 안전거리를 유지하고 있었다.

설퍼는 석판에 집중하고 있었다. 그는 새로운 힘이 그 안으로 흘러들어오는 것을 느낄 수가 있었지만 이런 종류의 경험에는 익숙하지 않았다. 그는 그가 처음으로 그의 힘을 통제하는 것을 배웠을 때로 돌아가 이 새로운 힘의 모든 부분에 생각을 집중했다. 그는 석판에 있는 모든 문자를 보았다. 그는 마지막에 있는 h 글자를 볼 때까지 모든 문자를 훑었다. 그는 힘을 느낄 수 있었지만, 너무 멀리 있는 에너지처럼 느껴져서 통제하기가 너무 복잡했다. 그러다 그는 g 글자를 보았다. 그는 이것의 힘에 더 직접적이고, 더 명확하게 닿을 수 있었다. 그는 이 입자, 글루온이 변신동물의 육신을 붙들고 있다는 것을 느낄 수 있었다. 그때 이 입자가 무엇인지 깨달았다.

니호늄이 옥시전에게 거대한 광선을 쏘았지만, 옥시전이

똑같이 광선을 쏴 허공에서 증발시켰다. 그러고 나서 거대한 액체질소 공을 불러내 니호늄을 방사성 사탕으로 만들어버릴 준비를 했지만, 허공에서 사라져버렸다.

"뭐야?" 라이트 백작이 어리둥절한 표정으로 말했다. 옥시전이 또 하나를 불러냈지만, 다시 사라져버렸다.

"당신들, 뭔가를 두고 갔어!" 설퍼가 석판을 흔들며 소리쳤다. "당신들은 더는 변신동물들을 통제할 수가 없어. 글루온이 없으면 그것들은 아무것도 아니거든!" 설퍼가 석판의 모든 힘을 내보내자 그의 주위에 있는 입자들이 새로 태어난 별처럼 밝게 빛나기 시작했다. 모든 변신동물들이 지글지글하더니 검은 연기로 분해돼 버렸다. 백작들은 너무 충격을 받아 옥시전에게 명령을 내리지 못했고, 모든 엘리멘트로이드들이 기회를 잡아 한 번에 입자 광선을 발사했다. 백작들은 마법으로 막아 보려 했지만 10명의 엘리멘트로이드는 두 겁에 질린 원소들에는 너무 많았다. 그들 얼굴에 나타난 감정이 놀라움에서 분노로, 공포로 바뀌었다. 그들의 몸은 천천히 분해되기 시작했고, 빛이 번쩍하더니 그들은 사라졌다. 영혼도, 몸도 어디에도 보이지 않았다.

군중들 사이에 엄청난 환성이 터져 나왔다.

▽ 20. 에필로그

아이언은 건설 기술자들이 센트럴 타워의 수리를 시작하는 것을 지켜보았다. 다시 바닥에 거대한 구멍이 뚫렸지만, 이번에는 정신 나간 인공원소나 복수에 굶주린 유령은 없었다. 팔은 깁스를 한 채였지만 그는 상관하지 않았다. 그가 일을 마치고 돌아왔을 때, 모든 친구가 새로 지은 집에서 기다리고 있었다. 변신동물이 아이언의 오래된 집을 파괴했는데, 새집에는 램프, 침대, 강철 테이블과 몇 개의 의자 말고는 아무 내부 장식이 없었다.

“그럼 이제 끝이야?” 아이언이 말했다. “천 년 동안 이어진 전투, 우리와 백작의?”

"응. 그래서 우리가 세슘 백작의 성에서 축하하는 것 아니겠니?" 설퍼가 말했다.

"칼슘이 아니라서 다행이야." 아이오딘이 말했다. 모두가 웃었다.

다음날, 모든 원소는 붉은색부터 검은색까지 많은 다양한 색깔의 벽돌로 지어진 세슘 성에 모였다. 물을 만나면 세슘이 폭발하기 때문에 성은 세슘으로 만들지 않았다.

마그네슘의 긴 연설, 지휘자 실버가 지휘하는 오페라, 모든 종류의 게임, 스포츠, 음악 및 다과가 있는 요란한 파티가 끝난 후 CSI는 성에 있는 방 침대에 누웠다. 그들은 모든 축하 행사에 지쳐 하나씩 잠이 들었다.

카본은 첫 번째 정전부터 괴물의 습격까지 그의 모든 모험을 생각하며 침대에 누워 있었다. 그는 칼슘 성을 생각하며 잠시 잠이 들기를 머뭇거렸다.

하지만 이번에는 그렇지 않았다. 그는 잠에 빠져들었다.

▽ 작품에 대하여

원소들의 도시의 총 인구수는 현재 118명으로, 모든 원소는 자신의 원소를 만들고 조작할 수 있으며, 숙련될수록 복잡한 구조와 화학반응을 일으킬 수 있다.

원소들의 도시는 중립지대이며, 도시 밖은 원소 하나당 지대 1개, 총 118개의 원소 지대가 존재한다.

각 원소 지대마다 자생하는 원소 괴수가 존재한다.

주기율표는 모든 원소의 힘을 담고 있는 무한한 에너지원으로, 그 기원은 도시의 창조주 과학자들로 추정된다.

도시의 기원이나 역사에 대해서는 알려진 바가 거의 없다. 기록이 지워진 인물들도 존재할지 모른다.

▽ 작품을 쓰면서

모든 작가의 숙명은 글을 쓸수록 전작이 초라해 보이는 겁니다. 어릴 때 쓰기 시작한 것이라, 작품의 설정에 대해선 좀 걸리는 바가 많습니다. 인구가 118명인 도시가 존재할 수는 있는 건지, 백작이란 지위는 대체 왜 있는 건지…그런데, 사실 생각해 보면 줄거리에 필요한 부분만 집어넣고 오히려 모호하게 만든 것이 더 동화적인 분위기를 만드는 데 일조한 건지도 모르겠군요. 후반부로 갈수록 문체나 이야기 완성도가 올라가는 게 보이실 텐데, 사실 3부 인공 원소 편은 1,2부와 꽤 간격을 두고 썼습니다. 화학을 배우고 있는 지금에 와서는 더 많은 화학 지식을 넣지 못한 게 한이지만…그거야 새로 쓰면 되겠죠.